中华远古神话衍说
三皇五帝

刘勤 等著

颛顼神话

礼乐治国

生活·读书·新知 三联书店

Copyright © 2020 by SDX Joint Publishing Company.
All Rights Reserved.

本作品版权由生活·读书·新知三联书店所有。
未经许可，不得翻印。

图书在版编目(CIP)数据

礼乐治国：颛顼神话 / 刘勤等著. — 北京：生活·读书·新知三联书店，2020.8
（中华远古神话衍说·三皇五帝）
ISBN 978-7-108-06769-2

Ⅰ.①礼… Ⅱ.①刘… Ⅲ.①神话—作品集—中国 Ⅳ.①I277.5

中国版本图书馆 CIP 数据核字(2020)第 025782 号

责任编辑　赵　炬　周　鹏
封面设计　刘　俊
责任印制　黄雪明
出版发行　生活·讀書·新知三联书店
　　　　　（北京市东城区美术馆东街 22 号）
邮　编　100010
印　刷　常熟高专印刷有限公司
版　次　2020 年 8 月第 1 版
　　　　2020 年 8 月第 1 次印刷
开　本　650 毫米×900 毫米　1/16　印张　13.25
字　数　91 千字
定　价　42.00 元

总　序

小时候，听长辈讲长征的故事，通常会这样开始："自从盘古开天地，三皇五帝到如今，历史上还从来没有过我们这么伟大的长征……"那时觉得盘古开天、三皇五帝等传说，离我们很遥远很遥远，有一种悲壮、辽阔、深邃的感觉，却是深深地刻印在心底。后来知道，那是中华民族壮丽史诗的开篇，不由得萌生出一种很崇高的感觉。

盘古开天的故事，早在两汉后期的史书中就有记载。据说当时天地一体，混沌难分。盘古君龙首蛇身，嘘为风雨，吹为雷电，开目为昼，闭目为夜。后来，他的故事在民间传播得更加神奇，说是一天醒来，见四周黑暗，他便抡起大斧劈开去，混沌的天地就这样被分开了。此后，他的呼吸，他的声音，他的双眼，他的四肢，还有他的肌肤，化作流动的风云,震耳的雷鸣,明亮的日月,辽阔的大地,奔腾的江河……从此,盘古就成为后人心目中开天辟地创造人类世界的始祖。

三皇的记载,众说纷纭。李斯的说法很权威。《史记·秦始皇本纪》载李斯的话说:"古有天皇、有地皇、有泰皇。"这样说又很笼统,于是又有人把它坐实,出现了女娲、燧人、伏羲、神农、祝融等具体人名。至于五帝,分歧就更多了。司马迁依《世本》《大戴礼》,以黄帝、颛顼、帝喾、唐尧、虞舜为五帝。而孔安国《尚书序》、皇甫谧《帝王世纪》、孙氏注《世本》,则以伏牺、神农、黄帝为三皇,少昊、颛顼、高辛、唐尧、虞舜为五帝。

在中国人的心目中,三皇五帝是华夏各民族的始祖,围绕着他们的各种神话传说格外丰富。如"绝地天通""羲和浴金乌"等,反映了人类早期通过幻想对天地宇宙、人类起源、自然万物的探索;"仓颉造文字""嫘祖始蚕桑"等神话故事既充满幻想,又很接地气;"后羿射骄阳""青要山武罗"等故事主人公敢于抗争,锲而不舍,体现出一种为大我牺牲小我的精神;"象罔寻玄珠""许由拒帝尧"等故事,描写的虽是身边琐事,但蕴含的却是大道理。这些故事,散见于群籍,需要有人作系统的整理,让更多的读者去理解、去欣赏。早年,沈雁冰(茅盾)先生著《中国神话研究》说:"中国神话不但一向没有集成专书,并且散见于古书,亦复非常零碎,所以我们若想整理出一部中国神话来,是极难的。"上世纪八十年代,袁珂先生筚路蓝缕,系统地研究中国神话,推出了一系列成果。其中《中国古代神话》是一部普及性的读物,从世界是怎样形成的开始,分十章描述了女娲补天的壮举、黄帝与蚩尤的战争、帝舜与帝喾的传说、嫦娥奔月的故事、鲧禹治水的功绩等,初步梳理出了中国远古神话的发展线索。同是蜀人的刘彦序君耗时十载,踵事增华,编纂了这部《中华远古神话衍说·三皇五帝》,继续完成这项"极难的"整理工作。作者以大家所熟悉的"三皇五帝"为纲,从创世之母,女娲神话说起,依次叙述了伏羲、神农、黄帝、颛顼、帝喾、尧帝、舜帝等与其臣僚、配偶、子嗣、敌友的错综关系以及相关神灵故事和神话传说,将纷繁复杂的远古神话故事,条分缕析,构成八个系列,广泛涉及文学、神话学、民俗学、宗教学、美术、音乐、教育学、心理学等多个学科,充分吸收近年来学术界的研究成果,多有创获。

首先是体例新颖。八个系列包含了八十篇故事。每篇分为四个部分,即"原典""今绎"(故事)"注释"和"衍说"。每则故事,都是基于作者的综合研究,用简练、诗化的现代语言讲述出来。"原典"既包括神话原典,也包括学界成果,说明"今绎"的故事,言必有据。"注释"是对故事中的一些疑难字词加以注音释义,尤其是一些神话人名和地名。作者在叙述中华远古神话传说演变的过程中,又站在

"如今"的立场上,从历史学或神话学的角度,对这些神话故事进行了专业"衍说",一则交代神话故事及相关背景、历史事件、象征意义,二则阐释经典神话中的审美价值、教育意义。这种结构方式,使得这部著作别开生面,不仅能为普通读者,特别是青少年读者所接受,就是对于各行各业的成年读者来说,也具有相当积极的参考意义。

其次是立意高远。这套书有别于传统的耳熟能详的神话叙述方式,而采用多种形式,对中华远古神话进行独特深入的挖掘,拓展丰富了神话的内容和形式,揭示出我们的先民在创业过程中的艰辛劳作、丰功伟绩以及留给后人的启迪。如尧帝篇"偓佺献松子"的故事,作者在"衍说"中指出,人生的价值不止于长生,甚至可以说,相对于精神的不朽,肉体的长生就显得黯然失色了。人是要有一种精神的,这是我们的基本信念。所以司马迁在《报任安书》中说:"人固有一死,或重于泰山,或轻于鸿毛……"《老子河上公章句》也说:"人所以生者,以有精神。"又如感生神话,突出母子之爱;嫘祖神话,突出勤劳勇敢、乐于助人;夔神话,突出"多行不义必自毙";玄珠神话,突出正心诚意、无为而为;武罗神话,突出为了大我而牺牲小我的抉择。很多神话传说,蕴含着丰富的爱国主义、推己及人、悲悯人生、团结友爱、英雄主义等情怀,给现代教育增添了新的血液。

第三是雅俗共赏。作者满怀激情,通过诗意的语言,将遥远的神话传说带到当下。全书还配以大量插画,以普通民众喜闻乐见的方式传达深刻的人生道理,充满了诗情画意。人物的面貌与服饰,唯美、怪异、神秘,呈现出典型的东方色彩,营造出了神秘的神话氛围。图文并茂,生动活泼。通过这些神话故事,作者试图说明:神话的美,不仅在于它的奇幻和瑰丽,更在于它所体现出来的对人类的终极关怀。中华远古神话反映出人类共同的心理需求,是人类把握世界、认识世界的一种方式,也是一种重要的文化力量。

读罢全书,我很自然地就会想到毛泽东同志在《论反对日本帝国主义的策略》中说过的话。在这篇文章中,他把中国工农红军的伟大长征与盘古开天、三皇五帝联系起来,说自从盘古开天地,三皇五帝到如今,"我们中华民族有同自己的敌人血战到底的气概,有在自力更生的基础上光复旧物的决心,有自立于世界民族之林的能力"。中华民族在漫长的发展进程中,逐渐形成了共有的文化血脉。维护国家的统一,追求民族的昌盛,满足人民的幸福,是我们这个古老民族的根本所系,更是我们民族的精神象征。从这个意义上说,重新解读、理解三皇五帝的故事,其实也是一种寻根,就是要从根本上追寻我们这个古老民族的文化基因,固本培元,凝心铸魂。后世的中华帝王庙,往往以炎黄二帝作为华夏始祖,正是中华民族不忘本来、开创未来的象征。我们的文化教育工作者,就是要像总书记所要求的那样,通过自己的专业知识,从根本上讲清楚我们国家和民族的历史传统、文化积淀、基本国情;讲清楚中华文化积淀着中华民族最深沉的精神追求,是中华民族生生不息、发展壮大的丰厚滋养;讲清楚中华优秀传统文化是中华民族的突出优势,是我们最深厚的文化软实力;讲清楚中国特色社会主义植根于中华文化沃土、反映中国人民意愿、适应中国和时代发展进步要求,有着深厚的历史渊源和广泛的现实基础。

诚如作者所说,神话是一个民族的"本",是人类的"本"。我们需要从三皇五帝的故事传说中、从中华优秀传统文化中汲取养分和智慧,站稳脚跟,自觉延续文化基因,增长民族自尊心和自豪感。这是中华民族生存发展之本,凝心聚力之魂。今天的中国人,正豪迈地行进在新时代的伟大长征途中。在我们每个人的背后,都有一个长长的影子,那不仅仅是个人的身影,还有着厚重的民族文化的底色。刘彦序君通过独特的著述方式,把遥远的三皇五帝,清晰地展示在我们面前,如此近切,如此生动,有助于我们更好地理解我们的过去、现在和未来,也有助于我们更好地理解自己。

正基于这样的认识,我积极推荐《中华远古神话衍说·三皇五帝》。

刘跃进
己亥岁末写于京城爱吾庐

开 篇

　　人的历史,不仅有物质的历史,更有共尊共传的精神史。

　　神话,是一个民族的记忆和血性,也是人类共同的智慧和梦想。

　　再也没有比神话更惹人争议的事物了。这里我不去说它饱含的复杂理论和深奥学问,我关注的是人与神话本身。

　　古往今来,不知有多少文人骚客钟情于神话。庄子演神话为寓言,李白借神话抒逸篇,干宝铸伟史于志怪,松龄寄情怀于狐仙。经、史、子、集中,哪一处没有神话的身影?及至当代,神话又变换身姿,通过影视、新媒,一再地被创造、演绎并发酵。

　　神话并不仅仅是以一种高高在上的姿态存在,实际上更多时候,它是"随风潜入夜,润物细无声"般地融入我们生活的方方面面。比如,我们即使知道自己是父母所生,却仍骄傲地称自己为"龙的传人"。神话已然成为一种符号、象征,以及打上了民族烙印的精神寄托。

曾几何时,中国神话"零散、不成系统"的结论,似乎已经由老一辈神话学学者和民俗学家的阐释,深入人心。曾几何时,中国人艳羡希腊北欧神话,感叹我们的永久性缺失。然而,经过多年的神话研究我才发现,中国神话并不寥落,只是亟待钩沉和连缀,亟待唤醒并将其转变为一股催人奋发的力量。

不可忽视,在浩如烟海的中国古籍中,频频出现神话;而今华夏大地上,仍不断地滋生着新的神话。如梦,如烟,如螭龙,如钟磬,谁能摹状它的奇美灵动、它的细微浩瀚、它的庄严怪诞?它似乎始终有一种摄人心魄的力量,让人努力地超越"人"的世俗,而走向神圣的境地。

近半个世纪的神话学研究,在相近学科的成长之下,迎来了短暂的辉煌。一批神话资料的整理、分析和研究,以及比较研究,都取得了可喜成绩。然而,如同大部分社会科学的科研成果一样,它们被束之高阁,远离众生,自然也难以为人们所接纳。我们的此套丛书,算是科研转化的开山之作吧!

20世纪80年代前后,曾有一批知名画家为神话画过插图,付梓即成经典。后来,出版社不断翻印,可惜无论在形式还是内容上,40年来实在没有实质性突破。所以至今大家耳熟能详的仍然莫过于《盘古开天》《女娲补天》《精卫填海》《后羿射日》《嫦娥奔月》等寥寥几篇而已,大量神话无处寻踪,又或杂糅后起传说故事、童话、鬼话以及西方神话寓言故事,在时间、类别、精神、体系上完全不加甄别,引起读者的混淆。但是,值得注意的是,这寥寥几篇神话自诞生以来被万千次地引用,蕴含其中的中华文化基因和精神特质,每每让读者升起民族自豪感,产生奋起前行的活力。这又足以说明,中华神话作为民族文化之经典,即使过去千年,不仅不会褪色,反而如醇酒,历久弥芬。

因此,对中华神话的深入挖掘、整理,重新架构中华神话的完整体系,展示中华民族生生不息的文化基因和精神特质,是一项亟待进行的重要的文化工作。

"中华远古神话衍说·三皇五帝"即是首次对中国神话进行独特的挖掘、整理、改编、注解、评说的系统文化工程,前后耗时十载。丛书以"三皇五帝"为纲。

所谓"三皇五帝",就是"三皇五帝时代",又可称为"神话时代""上古时代"或"远古时代"。近现代考古发掘证明,这个时代很有可能如传说那样存在过。但是,"三皇五帝"的世系属后人伪造,所列顺序也并非是前后相继的关系。然"三皇五帝"之称由来已久,它承载着相当丰富的神话、历史信息,也经历了从神化到人化,再从人化到神化的复杂过程。至于"三皇五帝"到底是哪"三皇"哪"五帝",历来众说纷纭,莫衷一是。

先来说"三皇"。"三皇"之称,说法众多,如天皇(伏羲)、地皇(神农)、泰皇(少典)、人皇(少典)、燧人、伏羲(太昊)、神农(炎帝)、女娲、黄帝、共工、祝融等。在此聊举三种。一说是燧人、伏羲、神农（见《尚书大传》《风俗通义》《白虎通》）；一说是天皇、地皇、泰皇（见《史记》），或说天皇、地皇、人皇（见《春秋纬·命历序》）；还有说是伏羲、女娲、神农（见《春秋纬·运斗枢》《春秋纬·元命苞》）。迄今为止，学术界普遍认为，人类历史上最早出现的神灵皆为女神，后经父系社会的改造而男性化、男权化，"三皇五帝"也是如此。故今在选择"三皇"时，采用汉代纬书《春秋纬·运斗枢》《春秋纬·元命苞》的说法，并将创世女神女娲置于三皇之首。

再来说"五帝"。"五帝"之称，说法也多。如黄帝、颛顼、帝喾（高辛）、尧、舜、大皞（伏羲、太昊）、炎帝、少皞（少昊）、青帝（太昊）、白帝（少昊）、赤帝（炎帝）、黑帝（颛顼）等。在此聊举三种。一说是黄帝、颛顼、帝喾、尧、舜（见《国语》《大戴礼记》《吕氏春秋》《史记》）；一说是宓戏（伏羲）、神农、黄帝、尧、舜（见《战国策》《庄子》《淮南子》）；一说是太昊、炎帝、黄帝、少昊、颛顼（见《礼记》《潜夫论》）。以第一种说法最多，故今从其说。

此外，"三皇"与"五帝"的搭配又有多种；"三皇五帝"与诸多神灵的关系也纷繁复杂。比如，黄帝、炎帝、蚩尤之间的关系，神农与炎帝之间的关系，夸父、蚩尤、炎帝、祝融之间的关系，颛顼与少昊之间的关系错综复杂，一直都是研究上古史最大的疑案、悬案。

又如，长期以来，炎帝和神农合而不分。但《史记·五帝本纪》说"神农氏世衰"才有轩辕黄帝之世作，《国语·晋语四》又说:"昔少典娶于有蟜氏,生黄帝、炎帝。黄帝以姬水成,炎帝以姜水成,成而异德,故黄帝为姬,炎帝为姜。"可知,炎帝绝非神农,也不存在后裔或臣属关系。于此,崔述在《补上古考信录》中已有详论,兹不赘述。

那两者又为什么在后来合称不分了呢?"神农",顾名思义,是反映远古农业部落时代之称号,其神格与农业密切相关。故《风俗通义》说他"悉地力,种谷蔬,故托农皇于地"。《礼记·月令》也说,季夏之月"毋举大事,以摇养气,毋发令而待,以妨神农之事也"。而炎帝又为两河地区冀州中南从事农业生产部落之首领。大概正因为两者的业绩都与农业密切相关,又都似与黄帝部族有"对立"关系,故后来合二为一,长期以来不加分辨,便难分彼此了。

因此,本书钩沉古籍,对此虽有一定分辨,但考虑到两者的长期互融互渗现实,尤其是炎、黄的"对立"关系早已被弱化处理,所以作者有时也进行折中处理。再加上,本丛书"三皇五帝"中,神农为三皇之一,而炎帝未被列入,因此炎帝的故事被适当整合到了神农系列中。比如,在注重神农对于医药、五谷贡献的基础上,也不回避掺入炎帝的故事,唯其如此,才应是最"真实"的神话吧!

总之,本丛书以"三皇五帝"为线索架构故事,共80篇故事。每篇在体例上分为四个部分,即"原典""今绎""注释"和"衍说",颇具创新。"原典"是"今绎"改编的主要依据,既包括神话原典,也包括学界成果;"今绎"是科研转化的成果,是基于"原典"的改编,以简练、诗化的语言进行传述;"注释"是对文中疑难字词的注音注义,便于读者疏通文义;"衍说"是从历史学或神话学的角度,进行专业性和知识性的拓展,便于读者对中国神话有更加深入的认知。

改编所依据的原典遴选自上百种古籍,参考了后世研究文献和当今前沿成果,学术依据充分。改编时充分挖掘原典的精神内涵和想象空间。故事设置波澜起伏、耐人寻味。对每个故事的评说,力求见解独到,能给读者以启发。显然,本丛书在中国神话改编中所具有的创新性和前沿性,将为中国神话的接受和传播开创更为广阔的空间。

正所谓"本立而道生",神话就是一个民族的"本"、人类的"本"。神话本身所具有的认识功能、审美功能、符号象征功能,必将给我们以及后世子孙提供不竭源泉。中华民族诚然是一个博大坚韧、自强不息、富于希望的民族,这难道不是神话祖先和文化英雄们立人立己的精神为我们留下的璀璨瑰宝吗?

"问渠那得清如许,为有源头活水来。"江河东去,日月西行;回溯神话,云上听梦,不仅仅是探奇求胜的奇妙之旅,更是回归本心的家园之依啊!

彦序　上颐斋

2018 年 8 月 31 日

目录

总序/刘跃进　　　| 1

开篇　　　| 1

绪言　　　| 1

承云之歌　　　| 1

【原典】　　　| 3
【今绎】　　　| 5
【衍说】　　　| 17

凤鸟立制　　　| 21

【原典】　　　| 23
【今绎】　　　| 25
【衍说】　　　| 38

仙山难固 |41

【原典】 |43
【今绎】 |45
【衍说】 |57

怒撞天柱 |59

【原典】 |61
【今绎】 |63
【衍说】 |75

鱼妇神化 |77

【原典】 |79
【今绎】 |80
【衍说】 |91

凶兽梼杌　　　| 93

【原典】　　　| 95
【今绎】　　　| 97
【衍说】　　　| 108

小儿夜哭　　　| 111

【原典】　　　| 113
【今绎】　　　| 115
【衍说】　　　| 126

空桑生子　　　| 129

【原典】　　　| 131
【今绎】　　　| 133
【衍说】　　　| 144

大地之母 | 147

【原典】 | 149
【今绎】 | 150
【衍说】 | 162

绝地天通 | 165

【原典】 | 167
【今绎】 | 168
【衍说】 | 181

后记 | 183

绪 言

颛顼，号高阳氏，黄帝之孙，昌意之子，被排列在五帝中仅次于黄帝之后。结合五行五方来说，颛顼居北方，具水德，主冬，故称黑帝。但这显然不是最初的情况。

稽考典籍，颛顼历时长久，神迹东西南北无所不在。经统计，其后裔形成有虞氏、夏后氏、祝融八姓、夏王朝、楚国、秦国、陈国、杞国、夔国、田齐、越国、赵国、邻国、邾国，以至司马氏、苗民、匈奴，以及《山海经》诸国。以至于有学者感叹："颛顼者，其殆创造人类之上帝乎？"

据先秦文献《左传》《墨子》《楚辞》，颛顼的名字叫高阳，顾名思义，就是高高升起的太阳，颛顼最初应与太阳崇拜有关。《国语·周语下》记载伶州鸠叙述昔日武王伐殷时岁、月、日、辰、星的位置，并说"星与日辰之位，皆在北维",而此高耸玄天之北维,是"颛顼之所建",足见其神异。《国语·楚语下》中"绝地通天"的故事极其神异,也反映了颛顼的绝对神权。《大戴礼记·五帝德》中描述了他"乘龙而至四海"的威仪。

连追求"雅驯"的《史记》也对他推崇备至。《五帝本纪》云:"静渊以有谋,疏通而知事,养材以任地,载时以象天,依鬼神以制义,治气以教化,絜诚以祭祀。北至于幽陵,南至于交趾,西至于流沙,东至于蟠木,动静之物,大小之神,日月所照,莫不砥属。"这一评价,甚至远远超过了黄帝。不过,《史记》的记载已经更加注重德行和礼仪。这一变化早在长沙马王堆汉墓帛书《五星占》中便有,彼处将颛顼写作"端玉"。而《说文·页部》也解释说:"颛,头颛颛谨貌。从页,耑声。""顼,头顼顼谨貌。从页,玉声。"颛顼逐渐由太阳至上神、绝对神权者变成了手捧玉圭、恭谨事神的帝王形象。正是从这个意义上,本系列命名为《礼乐治国——颛顼神话》。

作为帝王的颛顼,在位时突出事件很多,如治理洪水、缔建秩序、进行宗教改革、修订律历、制作音乐、施行礼乐治国。本书的《凤鸟立制》《承云之歌》《怒撞天柱》《绝地天通》等,便是对以上相关大事件的反映。

非常宝贵的是,作为北方之帝的颛顼,还保存了原始大母神的"生-死"二元母题:一方面,他主生。在这里,

"死"往往是"生"的条件。本书中的《鱼妇神化》和《空桑生子》可作为此类神话的注解。另一方面,他主死,是"疫神帝"。蔡邕《独断》:"疫神帝颛顼有三子,生而亡去为鬼。"干宝《搜神记》卷十六:"昔颛顼氏有三子,死而为疫鬼。一居江水,为疟鬼;一居若水,为魍魉鬼;一居人宫室,善惊人小儿,为小儿鬼。"本书《凶兽梼杌》《小儿夜哭》即是对这类神话的反映。

须注意,因传世文献经多重文化时空重叠整合,所以站在历史或神话的不同立场,用不同视角去解读,往往会得出完全不一样的结论。比如,据《山海经》,颛顼属黄帝世系,而少昊是以鸟为图腾的东夷部族,可是《山海经》又说:"东海之外大壑,少昊之国。少昊孺帝颛顼于此,弃其琴瑟。"孺,哺育、抚养。从历史角度分析,"孺",表明黄帝后裔颛顼所代表的黄帝部族与少昊所代表的东夷部族,曾有过短暂的联盟,但"弃其琴瑟",又表明后来决裂。

然而,不管历史真相如何,我们都不能仅仅将神话看作是历史的影子,这样多少会取消神话的本质,淆乱真实的意义。上古部族分分合合,已然谱写后世神话。颛顼族的"三面""三身",与东夷族的"三足",已密不可分。从民族融合的角度来说,"决裂"已经显得那么微不足道了。故本书中的《承云之歌》便避开了这一角度,以唯美的笔调,讲述了颛顼由叔叔少昊抚养成人并礼乐治国的故事,反映了颛顼德行天下的主张。

  本书《礼乐治国——颛顼神话》，精选了有关颛顼的 10 个神话故事，分别是《承云之歌》《凤鸟立制》《仙山难固》《怒撞天柱》《鱼妇神化》《凶兽梼杌》《小儿夜哭》《空桑生子》《大地之母》《绝地天通》。主要讲述了与颛顼有关的一系列奇妙而耐人寻味的故事，表现了神话英雄们在文明进程中的勇猛精进。有些故事还反映了中国古代人民对生死问题的探究和积极乐观的心态。

  《承云之歌》讲述的是颛顼由叔叔少昊抚养成人，并推行礼乐治国的故事。颛顼是天帝之孙，才貌双全，天帝将他交给德才兼备的少昊来抚养。颛顼在"百鸟之国"跟着少昊学习音乐，领悟到了万物的美妙之声，也意识到了音乐与道德修养的重要关系。后来，他做北方天帝的时候，命人模仿八方风声创作了著名的《承云之歌》，歌声传递着颛顼礼乐治国的精神，所到之处，满满和谐。

  《凤鸟立制》讲述的是颛顼的叔叔少昊以鸟治国的故事。金星和皇娥深深相爱，婚后皇娥生了个鸟蛋，蛋壳裂开，少昊诞生，七十二只青鸾前来恭贺。长大后的少昊在东海外的大壑建立了"少昊之国"。少昊拜凤凰为"历正"，总管历法，运筹帷幄。凤凰又根据每种鸟儿的特点和才能，委以相应的官职。少昊遵循自然的法度，把国家治理得井井有条。

  《仙山难固》讲述的是颛顼辅神禹强解决仙山漂浮难题的

故事。在神奇的归墟上,漂浮着五座仙山,它们是仙圣们的家园,但是因为没有根,也没有连在一起,所以经常随着海水漂来漂去。仙圣们很苦恼,天帝也担心漂到西极去,所以命禺强来解决此难题。禺强召唤灵龟,驮起仙山,衔尾成环,屡屡失败。禺强不气馁,又增加巨鳌数量,轮班交替,并用绳索套于其身,终于成功。

《怒撞天柱》讲述的是颛顼臣共工与其争帝并怒撞天柱的故事。水神共工本领强大,脾气暴躁,不可一世。他认为颛顼处处不如自己,再加上一些天神的蛊惑,公然举兵夺取颛顼的帝位。失败后恼羞成怒的共工,决心通过毁掉天柱不周山来摧毁颛顼的统治。没想到,不周山折断后,天崩地裂,猛兽乱窜,共工自己也被乱石砸得体无完肤,头发被野火点燃。后来,女娲补好天地,修好天柱,颛顼弹奏起《承云之歌》,世界秩序恢复,共工也翻然悔悟。

《鱼妇神化》讲述的是颛顼与鱼妇的凄美爱情故事。鱼女神鱼妇,具有死而复生、赐予生命、感知万物的能力。即便是她被切去了一半身体,依然能奇迹般复活,而且所到之处,万物逢春。当时颛顼在战争中被人从背后射杀,跌入了滚滚江河之中。鱼妇在水草里发现了他的尸体,那时万物都在为他悲泣。鱼妇爱怜他的俊朗,钦慕他的德行,真心爱上了他。于是含泪情不自禁地吻了他一下,颛顼便死而复生了。

《凶兽梼杌》讲述的是颛顼的第六子梼杌洗心革面的故事。颛顼的儿子梼杌从小就不听管教，仗势欺人，长大后性情更加暴躁，是非不分。他总是破坏人们做好事，教唆人们做坏事。他的恶行扰乱了天地纲常，颛顼决定应天神们的一致要求除掉他。智慧之神请求给梼杌一个改过自新的机会，并用激将法让梼杌戴罪立功。结果梼杌打败了西荒的妖魔鬼怪，赢得了人们的尊敬，心有所悟，自请悔过。

　　《小儿夜哭》讲述的是颛顼的儿子夭折后化为小儿鬼惊扰小儿的故事。颛顼的儿子夭折后，化成了小儿鬼。因为害怕孤独，他总是在暗处悄悄寻找小孩作为玩伴，但却因此而使小孩生病、丢魂儿。人们在巫师的指示下用燃灯、摆赤小豆的方法来驱逐小儿鬼。一天晚上，一户人家的油灯不小心打翻，大火很快蔓延了整个部落，小儿鬼冒着被烧伤的危险，把孩子们一个个救了回来。人们尽管很感谢小儿鬼，但是怕小儿鬼再次惊扰孩子，所以仍然互相传达驱赶小儿鬼的方法，小儿鬼只能孤零零地四处流浪。

　　《空桑生子》讲述的是空桑树生孩子的故事。伊水河畔生活着一对幸福的夫妻。一天晚上，神人给怀孕的妻子托梦说，如果家里的石臼出水，伊水就会爆发大洪水，让她届时一直往东走，别回头，就会躲过灾难，而且她绝不能将这个秘密告诉给任何人，否则将受到上天的惩罚。后来果然石臼出水，妻子拉起丈夫就往东跑。丈夫很奇怪，邻居、路人也很惊讶、茫然。经过激烈的内心挣扎,妻子终于选择说出秘密。众人得救了,妻子却变成了一棵桑树。春去冬来,桑树干孕育生出了她的孩子,被一采桑女抚养。

《大地之母》讲述的是共工的女儿后土与儿子母子情深的故事。美丽、丰腴的后土有个儿子叫噎鸣,是时间之神,也是天地间最美的男人。冥后贪恋噎鸣的美貌,将他囚禁在了幽都。母子俩因此而陷入了思念和痛苦之中。与此同时,世间万物也开始沉睡、凋零。为了协调冥后与后土的关系,天帝安排一年之中,噎鸣一半时间在人间,一半时间在幽都。从此,母子相见的时候,就是春天和夏天;母子分离的时候,就是秋天和冬天。

《绝地天通》讲述的是人间道德败坏,秩序大乱,颛顼派重和黎隔绝天地的故事。古时候,人神杂糅,人们通过天柱上天,神仙通过天柱下地,其乐融融。后来蚩尤撺掇九黎作乱人间,致使道德败坏,秩序大乱。颛顼怕人间的混乱蔓延到天庭,所以派重和黎废掉天柱,隔绝天地,并帮助人们重建了人间秩序。

最后,还有几点说明:

第一,本书与时著体例不同,尤其是每个故事后面的"衍说",从专业角度拓展了该神话故事的相关文化知识和理论视野,指出了现实意义。但是,囿于作者的能力和识见,肯定有挂一漏万和阐释不当不足之处,恳请各位善知识不吝赐教。

第二，故事叙述用诗行排列，力求简练、疏朗，并凸显每个故事、人物的独特性和精神特质，故尽量避免出现复杂的人物关系，对有些形象进行了简化甚至省略。读者若想获取全貌，不妨将单篇连缀起来阅读，或据"衍说"按图索骥。

第三，本书的神话故事，因所采文献博杂、零碎，有些故事原典之间本身矛盾龃龉，改编时，作者为避免削足适履之感，在基本遵循原典精神的前提下，有时据故事需要酌情取舍。此套丛书的编写虽有严格的文献依据，也有一定的专业性解说，但毕竟非严谨的神话学术著作，或可视为学术研究向大众读物的下移，故更注重故事的文学性、神话性和可读性，若要坐实历史，或仅以学术标准核之，恐失作者初衷。

是为序。

彦序　上颐斋
2018 年 12 月 19 日

承云之歌

刘勤 王春宇 撰
安艳月 绘

【原典】

○（春秋战国）《山海经·大荒东经》："东海之外大壑，少昊之国。少昊孺帝颛顼于此，弃其琴瑟。有甘山者，甘水出焉，生甘渊。"

○（春秋战国）《山海经·海内经》："黄帝妻雷祖，生昌意。昌意降处若水，生韩流。韩流擢（zhuó）首、谨耳、人面、豕喙（shǐ huì）、麟身、渠股（qú gǔ）、豚（tún）止。取淖（nào）子曰阿女，生帝颛顼。"

○（春秋战国）吕不韦《吕氏春秋·仲夏纪·古乐》："帝颛顼生自若水，实处空桑，乃登为帝。惟天之合，正风乃行，其音若熙熙凄凄锵锵。颛顼好其音，乃令飞龙作乐，效八风之音，命之曰《承云》，以祭上帝。乃令鱓先为乐倡。鱓乃偃寝，以其尾鼓其腹，其音英英。"

○（南宋）罗泌《路史·太昊纪上》："百令具举，乃命蜚龙氏职图父，因尊事以为礼仪，而天下治。长离徙翔，爰作荒乐，歌扶徕，咏网罟，以镇天下之人，命曰立其。斫桐为七尺二寸之琴，绳丝以为弦，弦二十有七，命之曰离，徽天音，操驾辨，以通神明之况，以合天人之龢；缅桑为三十六弦之瑟，以修身理性，反其天真；灼土为埙，而礼乐于是兴焉。"

○（南宋）罗泌《路史·颛顼高阳氏》："帝颛顼，高阳氏，姬姓，名曰颛顼，黄帝氏之曾孙，祖曰昌意，黄帝之震适也。行岁不似，逊于若水。取蜀山氏，曰景僕。生帝乾荒，擢首而谨耳，毈喙而渠股。是袭若水，取蜀山氏，曰枢，是为河女，所谓淖子也。淖子感瑶光于幽防，而生颛顼，渠头、并干、通眉、带午，渊而有谋，疏以知远，年十五而佐小昊，封于高阳，都始孤棘。二十爰立，乃徙商丘，以故柳城卫仆，俱为颛顼之虚。逃迹高阳，故遂以高阳氏。"

○（南宋）罗泌《路史·颛顼高阳氏》："天曰作时，地曰作昌，人曰作乐。是以万物应和而百事理，是为历宗。序惟天之合，正风乃行，熙熙锵锵。帝好之，爰命鱓先为倡洦，蜚龙称八音，会八风之音，以为圭水之曲，以召气而生物。浮金效珍，于是铸为之钟，作五基、六䪫之乐，以调阴阳，享上帝，命曰《承云》。"

【今绎】

一

颛顼①的父亲叫韩流②，长得奇丑无比，
但是母亲阿女，却是个美人儿。
颛顼长得像母亲，一表人才，
身材挺拔，天庭饱满③，
走起路来风度翩翩。

二

但比起他俊俏的外貌，

① 颛顼（zhuān xū）：中国上古部落联盟首领，"五帝"之一，姬姓，号高阳氏。黄帝之孙，昌意之子。他生于若水，居于帝丘。他十岁辅佐少昊，二十岁登上帝位。在位期间，他制定了颛顼历，确定了九州，创作了《承云之歌》。
② 韩流：古代中国神话传说中颛顼之父。《山海经·海内经》："黄帝妻雷（嫘）祖生昌意，昌意降处若水，生韩流。韩流擢首、谨耳、人面、豕喙、麟身、渠股、豚止，取淖子曰阿女，生帝颛顼。"
③ 天庭饱满：天庭是中国古人对额头的代称。古人将人的面部分为上、中、下三庭，分别对应印堂之上、印堂至准头（鼻头）、鼻头以下。天庭饱满，指人的额头突出、丰盈，寓意吉祥。

颛顼超群的智慧更令人称奇——
他三岁就能画出大小部落的图腾①族徽,
十岁就能将部落的神话、史诗倒背如流。
曾孙的才智日益凸显,天帝心中很高兴,
决定把颛顼交给德才兼备的少昊②来抚养。

三

天帝用白云写了一封信给少昊,
少昊便派了一只五彩凤鸟来接颛顼。
颛顼坐在凤鸟背上,
来到了少昊的"百鸟之国"。
还没落地,就听到一阵悦耳的琴声传来,
像山泉从幽谷中蜿蜒而来,缓缓流淌,
最后静静地流到心田——

---

① 图腾:记载神的灵魂的载体。古代原始部落迷信某种自然或有血缘关系的亲属、祖先、保护神等,用来做本氏族的徽号或象征。原始民族对大自然的崇拜是图腾产生的基础。

② 少昊(shào hào):姬姓,名挚,号金天氏。在中国神话中,少昊是五方上帝中的西方上帝,又叫白帝。其部族以鸟为图腾,并诞生了原始的凤文化,所以称他的国度为"百鸟之国"。

颛顼长得像母亲,一表人才,
身材挺拔,天庭饱满,
走起路来风度翩翩。
但比起他俊俏的外貌,
颛顼超群的智慧更令人称奇。

原来是少昊正在甘水边弹奏《扶来》①呢!

四

少昊常常带颛顼去甘山②,
那里的风声真是美妙极了!
穿过树叶,就像少女环佩的"叮当"声,
转过树臼③,就像顽皮小孩的打闹嬉笑声,
掠过山谷,就像年迈老妇的嘤嘤呢喃声……
甘山就是一座音乐的城堡,
八方之风在这里诉说着自己的喜怒哀乐。

五

后来,当颛顼做北方天帝时,

---

①《扶来》:亦作《扶徕》《扶犁》《立本》,传说为伏羲所作的音乐名。唐杜佑《通典·乐一》:"伏羲乐名《扶来》,亦曰《立本》。"宋罗泌《路史·后纪三·炎帝上》:"乃命邢天作《扶犁》之乐,制《丰年》之咏。"罗苹注:"扶犁,一作'扶来',即伏羲之《凤来》。来、犁古同音尔。"
② 甘山:山名,在少昊之国,是甘水的源头。
③ 树臼(shù jiù):臼,本义是舂米的器具,用石头或木头制成,中间凹下。树臼,即树窍、树洞。

在音乐的熏陶下,人们变得既谦和又有礼。

七

颛顼意识到音乐的教化作用,
就让乐官到各处去收集、整理各种音乐。
欢快的音乐儿童爱听,充满了童年的梦幻,
舒缓的音乐老人爱听,蕴含着人生的哲理,
甜美的音乐女人爱听,陶冶成温柔的淑女,
雄壮的音乐男人爱听,立志做国家的栋梁!
社会更加有规则,处处都平安和谐。

八

庙堂中的音乐有着庄严肃穆的美,
乡野间的音乐有着淳朴自然的美,
边塞外的音乐有着豪放刚健的美。
不只是钟鼓琴瑟演奏的声音才悦耳动听,
那林间鸟鸣的婉转,田野虫鸣的轻快,
那海上涛声的清冽,荒崖虎豹的雄浑……

颛顼常常让乐官演奏《承云之歌》,
动听的音乐让天宫充满和谐。

后来,当颛顼做北方天帝时,

八方之风前来祝贺。

它们唤来金色的凤凰和赤色的鸾鸟,

架起了七色的彩虹,聚拢了五彩的祥云。

八方之风穿梭其间,唱起了交响曲。

八方之风①前来祝贺。

它们唤来金色的凤凰和赤色的鸾鸟②,

架起了七色的彩虹,聚拢了五彩的祥云。

八方之风穿梭其间,唱起了交响曲。

颛顼被这震撼的音乐深深感动,

命令飞龙模仿八方的风声作歌曲,

这就是《承云之歌》。

六

颛顼常常让乐官演奏《承云之歌》,

动听的音乐让天宫充满和谐。

歌声一直飘到人间:

朝廷的昏君听到后,想起了百姓的疾苦,

田里的农夫听到后,忘记了劳动的疲倦,

就连小偷强盗听到后,也开始悔恨流泪。

---

① 八方之风:古人按照不同的方位,给八个方位所吹来的风起了不同的名字。根据《左传》陆德明的释文,八方之风分别是:东方谷风、东南清明风、南方凯风、西南凉风、西方阊阖风、西北不周风、北方广莫风、东北融风。根据《说文解字》,八方之风则为:东方明庶风、东南清明风、南方景风、西南凉风、西方阊阖风、西北不周风、北方广莫风、东北融风。

② 凤凰、鸾鸟:均为神话传说中国的神鸟。《山海经·大荒西经》:"鸾鸟自歌,凤鸟自舞。"

甜美的音乐女人爱听,
陶冶成温柔的淑女。

才是最美的音乐——天籁①之声!

九

少昊为颛顼出色的才能而骄傲,
"啊,他已经长大成人,不再需要我了。
我也已经成了垂暮老人。 时间过得真快啊!"
少昊拿着那对教颛顼时用过的琴瑟,
登上了甘山之巅,
迎着山风,最后弹了一曲《承云之歌》,
顷刻间万籁俱寂,万物都陶醉在歌声之中。

十

少昊起身将琴瑟抛在甘水之中,
溅起层层晶莹的浪花。
从此以后,每当甘水漾起波涛的时候,

---

① 天籁(tiān lài):本指没有人为加工的自然界的声响,如风声、鸟声、流水声等。后也指诗文艺术天然浑成的境界。语出《庄子·齐物论》:"汝闻人籁而未闻地籁,汝闻地籁而未闻天籁夫!"

水面上，就会幽幽响起《承云之歌》，
那是清明澄澈的甘水在演奏这首美妙的乐歌，
传递着颛顼礼乐治国的精神。

少昊起身将琴瑟抛在甘水之中,
溅起层层晶莹的浪花。
从此以后,每当甘水漾起波涛的时候,
水面上,就会幽幽响起《承云之歌》。

【衍说】

一说到"礼",大家所熟知的就是周礼。礼乐文化远绍于周。它是从祭祀文化中发展而来,并伴随着人类文明的演进而不断进步的。众所周知,孔子一生都在为恢复周礼而奔走呼号。他非常强调礼乐的重要性,认为它是一个国家兴衰存亡的标志。

"礼"指礼仪规范,"乐"包括音乐和舞蹈。天地自然的和谐代表着"乐"的精神,天地自然的秩序是"礼"的基础。《礼记·乐记》记载:"乐也者,情之不可变者也;礼也者,理之不可易者也。乐统同,礼辨异。礼乐之说,管乎人情矣!"孔颖达疏云:"乐主和同,则远近皆合;礼主恭敬,则贵贱有序。"因此,古代帝王常以礼乐为手段,以求达到尊卑有序、远近和合的统治目的。故而《吕氏春秋·仲夏纪》曰:"故治世之音安以乐,其政平也;乱世之音怨以怒,其政乖也;亡国之音悲以哀,其政险也。凡音乐,通乎政而移风平俗者也。俗定而音乐化之矣。故有道之世,观其音而知其俗矣,观其俗而知其政矣,观其政而知其主矣。故先王必托于音乐以论其教。清庙之瑟,朱弦而疏越,一唱而三叹,有进乎音者矣,大飨之礼,上玄尊而俎生鱼,大羹不和,有进乎味者也。故先王之制礼乐也,非特以欢耳目、极口腹之欲也,将教民平好恶、行理义也。"

这个故事包含着深刻的生态观。万物和谐，亲切无违，处处皆是完美。奇丑无比的韩流和貌美的阿女是和谐而完美的；不仅有外貌美，更有超人智慧的颛顼是完美的；颛顼和少昊之间的叔侄亲情是完美的……人与自然万物都是完美的。人，首先是自然的一分子，是自然之子。人对自然亲切友好，自然也会报之以亲切友好。故事中无论是凤凰、鸾鸟、八方之风，还是彩虹、祥云、万籁之声，都能与人互动，一片祥和。

  故事形象地阐释了什么叫作"礼乐治国"，阐释了音乐与礼和政治民生的关系。儒家的"仁"是基于"孝悌"的，是以血缘为纽带的有差别的爱，将这种爱"推己及人"，就能"化成天下"。家是国家的细胞，家好，国就好。韩流与阿女、颛顼与少昊，正是"仁"之端。礼，也由此生发，从而建立起一系列伦理规范。我们每个人都要找到这个伦理规范中自己的位置，并且"知位""守位"，这个社会就能安定和谐。

  颛顼在少昊的言传身教下，成长为一位善用音乐的智者，他了解自然界每种声音的特点和对人的影响，化自然之音为丝弦之乐。颛顼将少昊礼乐治国的理念发扬光大，用《承云之歌》把天籁之美带给每一个人。无论什么身份地位，也不管男女老少，人人都深受礼乐的教化，从而把国家治理得井井有条。这是颛顼在传承着叔叔少昊的大爱。灿烂的文明如果没有人来传承就会消失，不忘历史，才能开辟未来。

在故事的结尾，少昊弹奏完《承云之歌》后，将琴瑟扔入水中，此曲在世间遂成为绝唱。这表现了天籁之曲最终的返璞归真，让我们明白艺术的巅峰，应该是重现纯真的自然。

凤鸟立制

刘勤 严焱 撰
邹娟 绘

【原典】

○（春秋战国）《左传·昭公十七年》："我（郯子）高祖少皞挚之立也，凤鸟适至，故纪于鸟，为鸟师而鸟名：凤鸟氏，历正也；玄鸟氏，司分者也；伯赵氏，司至者也；青鸟氏，司启者也；丹鸟氏，司闭者也；祝鸠氏，司徒也；鴡（jū）鸠氏，司马也；鸤（shī）鸠氏，司空也；爽鸠氏，司寇也；鹘（gǔ）鸠氏，司事也。五鸠，鸠民者也。五雉为五工正，利器用，正度量，夷民者也。"

○（东汉）郑玄注《周礼注疏·周礼正义序》："'我高祖少皞（hào）挚（zhì）之立也，凤鸟适至，故纪于鸟，为鸟师而鸟名。'又云'凤鸟氏历正'之类，又以五鸟、五鸠、九扈（hù）、五雉并为官长，亦皆有属官，但无文以言之。"

○（西晋）皇甫谧《帝王世纪》："（少昊）邑于穷桑，以登帝位，都曲阜。"

○（东晋）王嘉《拾遗记》："少昊（hào）以金德王。母曰皇娥（é），处璇（xuán）宫而夜织，或乘桴（fú）木而昼游，经历穷桑沧茫之浦。时有神童，容貌绝俗，称为白帝之子，即太白之精，降乎水际，与皇娥谯（yàn）戏，奏婹（sǎo）娟之乐，游漾忘归。穷桑者，西海之滨有孤桑之树，直上千寻，叶红椹（shèn）紫，万岁一实，食之后天而老。"

○（春秋战国）尸佼《尸子》："少昊金天氏，邑于穷桑。"

○（南朝宋）范晔《后汉书·郡国志》："少昊自穷桑登

帝位。"

○(南宋)罗泌《路史·疏仡纪》:"小昊,青阳氏,纪姓,名质,是为挚。其父曰清,黄帝之第五子,方儽氏之生也。胙土于清,是为青阳。元为纪姓,配于类氏,曰娥,居河之湄,逆星流槎,奏便媚之乐,乐而忘归,震而生质,白帝子也。既生,其渚为陵,秀外龙庭,月县通頞,袭青阳以处云阳,故谥号以青阳,亦曰云阳氏。以金宝历,色尚白,故又曰金天氏。"

○(南宋)罗泌《路史·疏仡纪》:"惟能任道,不事心,不动力,远究大昊,而乘西行,是称少昊。其即位也,五凤适至,而乙遗书,故为鸟纪,鸟师而鸟名:乙鸟氏司分,伯赵氏司至,苍鸟氏司启,丹鸟氏司闭,而凤鸟氏董之,以为历正。五鸠、五雉笃九扈之利:祝鸠氏司教,且鸠氏司制,尸鸠氏司空,爽鸠氏司寇,鹘鸠氏司事。五鸠,钭民者也。五雉,用五工正利器用、正度量,夷民者也。九扈为九农,正教民事、户民亡淫者也。"

○(南宋)罗泌《路史·疏仡纪》:"民事既正,乃法度量,调气律,行二十有八宿,十二月以为元,而民事定。既处甘泉,于是兴郊禅,崇五祀,正都邑,肇车牛,作布货以制国用。于是通穷拒瘵,老老慈幼,恤孤合独,然后矜寡、窭极、瘖龙、跛躄、扁籧、握递者,偕有所养。立史官,尊耆老,修其方,而天下治。"

【今绎】

一

美丽淳朴的天女皇娥①,
乘着天梭②变成的小船,
在银河里惬意地游玩。
小船漂呀漂,漂到了西海之滨的穷桑国③,
那里矗立着一棵万丈高的桑树,
玉质的桑叶片片粉红,
一万年才结成的桑葚果紫黑发亮,
皇娥早就听说,吃了它,就会长生不老。
咦? 那桑树下什么时候站着一个俊美的青年,
气宇轩昂,周身熠熠发光,
正含着笑,痴痴地把皇娥凝望。

---

① 皇娥:中国古代神话传说中的仙女,是古帝少昊的母亲。
② 天梭:天上织女织布时往返牵引纬线的工具。天梭两头尖,中间粗,形状像枣核。
③ 穷桑国:地名,在西海海滨,是中国古代神话传说中古帝少昊的居住地。也有学者认为,穷桑与甘渊、旸谷实际上是一个地方,都是太阳升起的地方。

二

"美——美丽的姑娘,您好!
我叫金星①,需要我为您引路吗?"
"我正迷路了,非常感谢您!"
皇娥的脸羞得像粉嫩的水蜜桃一般。
金星砍来桂枝,竖起桅杆;
皇娥采来香花,做成船帆。
金星捞起奇木,制成乐器;
皇娥低头弹唱,歌声悠扬。
他们在银河里畅游,谈天说地。
一路上有看不完的美景,聊不完的话题。
金星和皇娥就这样相爱了,
他们结婚后,幸福极了,皇娥很快就怀上了孩子。

---

① 金星:神名,东方启明星的神格化人物,是中国民间信仰和道教神仙中知名度很高的神之一。

三

孩子出生的那天，
七十二只五彩凤鸟乘云飞来，
在皇娥住的宫殿上久久盘旋，洒下吉祥的光芒。
在金星焦急的期盼中，皇娥生下了一个白色的……鸟蛋？
"咔～嚓～"鸟蛋裂开，
两只胖乎乎的小手伸了出来，
小小婴儿正闭着眼睛，噘着小嘴，猛打哈欠呢！
瞧他那可爱的模样儿：粉团一样的小脸，紫葡萄般水灵的眼睛，
背后还长着一对肉乎乎的小翅膀呢！
开心的爸爸妈妈给孩子取了个漂亮的名字——少昊①。

---

① 少昊(shào hào)：上古帝名，也称"少皞"，又名"玄嚣"，是中国神话传说中五方上帝之一的西方白帝之神，也是中国古代东夷集团的首领。《山海经·西山经》："又西二百里，曰长留之山，其神白帝少昊居之。其兽皆文尾，其鸟皆文首。是多文玉石。实惟员神䰠氏之宫。是神也，主司反景。"

两只胖乎乎的小手伸了出来,

小小婴儿正闭着眼睛,噘着小嘴,猛打哈欠呢!

瞧他那可爱的模样儿:粉团一样的小脸,紫葡萄般水灵的眼睛,背后还长着一对肉乎乎的小翅膀呢!

开心的爸爸妈妈给孩子取了个漂亮的名字——少昊。

四

光阴似箭。眨眼间,少昊长大了:

他骑着一头不含一丝杂毛的白虎,威风凛凛;

他的双目炯炯有神,

他满头银发,顺滑润泽,

一对闪着银光的大翅膀,在他的后背翩然扇动。

他喜欢和鸟儿们一起,

在穷桑树①上嬉戏,在群山之间飞翔,

也喜欢骑着白虎,游历四方。

有理想的少昊,在东海之外的大壑,

建立了自己的国家——"少昊之国"。

---

① 穷桑树:神树名,中国古代神话传说中的巨桑,生长在西海海滨。穷桑树的果实万年一结,吃了可以长生不老。晋王嘉《拾遗记·少昊》:"穷桑者,西海之滨,有孤桑之树,直上千寻,叶红椹紫,万岁一实,食之后天而老。"

五

建国的当天,凤凰第一个来朝拜:

"伟大的神之子啊,我愿意追随您,把美德播撒四方!"

他向凤凰请教治国的方法。

凤凰语重心长地说:

"治理国家最重要的是选拔和培养人才。

因为每个人的特点和才能不同,所以选拔方式要多种多样;

而且每个人都有自己的优点和缺点,所以要善于用人长处。"

少昊觉得很有道理。

因为凤凰品德高尚,知识渊博,

少昊拜它为"历正",总管历法,运筹帷幄。

建国的当天,凤凰第一个来朝拜:

"伟大的神之子啊,我愿意追随您,把美德播撒四方!"

他向凤凰请教治国的方法。

六

凤凰派信鸽张榜招聘人才,鼓励毛遂自荐。

鸟儿们听说后,都很兴奋,纷纷赶往少昊之国。

它们争相陈述本领,这下可热闹了:

老鹰威猛地从碧空俯冲下来,向大家宣告:

"我公正无私,赏罚分明,坏人别想逃跑!"

布谷鸟蹦蹦跳跳地自我介绍:

"布谷布谷,割麦插禾。我会提醒人们播种!"

鹁鸪鸟①也不示弱,抢着说:

"我也会提醒!下雨叫唤'水鹁鸪',天晴叫唤'晒我窝'!"

鱼鹰"倏"地射向水面,捉起一条鱼来:

"看看,我是勇士,不怕死,会战斗!"

大家讨论得正热闹,鸤鸟②姗姗来迟,她很抱歉地说:

"我喂宝宝,所以迟到了,真对不起!不过,我做事最有条理,最有耐心!"

---

① 鹁鸪鸟(bó gū niǎo):天要下雨或刚晴的时候,常在树上咕咕地叫,也叫"鹁姑""斑鸠""水鹁鸪"。

② 鸤鸟:别称红斑鸠、斑甲。

七

鸟儿们争先恐后,各抒己见。

凤凰认真听着,详细地记下了鸟儿们的本领,

并派使者暗中观察、核实,

最后给它们分派相应的职责。

少昊非常满意。

八

凤凰通过认真观察和分析,

还发现了季节变化和鸟儿们的生活密切相关。

立春的时候,美丽的青鸟就开始鸣叫,直到立夏才停止。

所以,青鸟是"开启鸟"。

凤凰任命青鸟主管立春、立夏。

灵巧的燕子总是在春分来到北方,秋分又准时飞回南方。

它喜欢温暖和煦的阳光和柔软的柳枝,借机训练飞行的技能。

所以,燕子是"司分鸟"。

凤凰任命燕子主管春分、秋分。

凤鸟立制

鸟儿们争先恐后,各抒己见。
凤凰认真听着,详细地记下了鸟儿们的本领,
并派使者暗中观察、核实,
最后给它们分派相应的职责。
少昊非常满意。

九

伯劳看起来傻乎乎的,但是叫声很凌厉,
常常把蛇吓得盘成团瑟瑟发抖。
它的鸣叫从夏至开始,直到冬至才结束。
所以,伯劳鸟是"司至鸟"。
凤凰任命伯劳主管夏至、冬至。
锦鸡总是很臭美,喜欢昂首挺胸,踱着方步,
以水面为镜,四处炫耀它的五彩羽衣。
它立秋飞去北方,立冬又回到南方。
所以凤凰任命锦鸡主管立秋、立冬。

十

"青鸟喜迎春,燕子秋分归;
伯劳仲夏鸣,锦鸡立冬还。
布谷催春种,祝鸠鸟司土;
鹁鸪巧管水,不噎鸠敬老。
鱼鹰威猛率千军,老鹰刚正执刑罚;
野鸡巧手为工匠,运筹帷幄是凤凰。"
这就是少昊之国流行的歌谣。

凤鸟立制

人们赞叹少昊遵循自然的法度,
少昊感激凤凰知人善任的德行。
他将凤凰作为国家的图腾,
让人们永远铭记:德高为上,选贤举能。

青鸟喜迎春,燕子秋分归;

伯劳仲夏鸣,锦鸡立冬还。

布谷催春种,祝鸠鸟司土;

鹁鸪巧管水,不噎鸠敬老。

鱼鹰威猛率千军,老鹰刚正执刑罚;

野鸡巧手为工匠,运筹帷幄是凤凰。

【衍说】

郯子①所述之少昊(皞)以鸟名官,表明少昊氏族已能通过物候变化(如候鸟特点)来确定季节特性。由此也可知其时少昊氏族已经是一个具有相当规模的农业部落,因为农业生产与历法密切相关。各种鸟儿分工协作,实际上是一个非常严密的农业司时机制。因此,这篇《凤鸟立制》以神话语言告诉我们,鸟类在少昊氏族的农业生活中曾发生过巨大作用,并使其诞生过"鸟历",即主要通过观察各种候鸟的往返、鸣叫以及生活习性,来安排农作物的播种、收割等生产、生活活动的自然物候历法。

农业部落使用物候历实非罕事。云南鹤庆西山白族的"祭鸟"节据说就源自候鸟提醒人们按时播种、收获的事迹,也表明他们曾使用过"鸟历";彝族史诗《梅葛》中也涉及物候历;《后汉书·乌桓鲜卑列传》记载古乌桓"见鸟兽孕乳,以别四节";《太平寰宇记·岭南道》中记载,古代海南岛黎族人"占薯芋之熟,纪天文之岁","观禽兽之产,识春秋之气"。近代人类学和民俗学研究也提供了许多有价值的资料,例如,甘南地区的裕固族人就是根据牧草长势、雨雪多寡等自然现象来确定草场提供牧草的具体时间。又如,北

---

① 郯子:己姓,子爵,少昊后裔,春秋时期郯国(山东省临沂市郯城县)国君。孔子周游列国时曾来到郯国向郯子求教。

婆罗洲沙捞越的深山密林中,一个叫克拉比特斯的部族就也曾编制过完整的"鸟历"。

据《左传·定公四年》《史记·鲁世家》,大部分学者皆认为原始少昊部落就在今山东省一带,那里有丘陵、平原,且河流众多,两面环海,自古以来各类鸟儿繁多。所以,山东大汶口文化遗址出土的大量鸟骨自然不是偶然的。自然,少昊族所用之"鸟历",比起《尧典》所载之历法,还显得粗糙简单,但其意义绝对是异常重大的。

大自然中有许许多多的鸟儿,它们时不时地从我们眼前头顶掠过,它们几乎天天在我们的窗前耳边唱歌,我们已经习惯了它们的陪伴。但是,你认识它们吗? 了解它们吗?

当燕子在柔嫩的依依垂柳中穿行,或者在屋檐下忙乎时,你随口便有"谁家新燕啄春泥"的诗句吧!哦,那是春天到了。布谷鸟的叫声很独特,"布谷布谷",此起彼伏,那是在催农民播种呢!鸠鸟有很多种,其中,斑鸠特别有爱心。它们在喂雏鸟时,要先将食物在自己嘴里细细嚼碎,再吐给雏鸟吃,以免被噎着。所以,它们获得了"不噎之鸟"的美誉。

总之,每一种鸟儿都有自己独特的魅力。少昊之国,根据不同鸟儿的个性、优点,让它们担任不同的职务。这样的工作,鸟儿们乐意,能够愉快胜任。所以少昊之国的运作,井然有序。

凤鸟立制

我们每个人也各具特点，各有特长。有的人喜欢安静，可以坐着看书、写作一整天不出门；有的人喜欢运动，蹦蹦跳跳，身手敏捷，好像永远不会累；有的人擅长手工，能做出各种各样稀奇古怪的玩意儿；有的人文艺细胞特别发达，唱起歌、跳起舞、画起画、写起诗，总是得心应手……

我们在成长中，要逐渐认识自己，认识他人。我是谁？我的优点是什么？我应该往哪方面发展？这样的思考，对于人生有很重要的意义。同时，在人际交往中，我们也要努力去发现和欣赏别人的长处，不吝啬赞美，这样的生活，也会更加美好。

故事还说明，有能力的管理者不是靠严刑峻法、苛刻条例，而是用美德来指引人。少昊和凤凰都属于这样的管理者。少昊慧眼识才，凤鸟又能够发现各种鸟儿的特性，并把这种特性与职责很好地匹配，把国家治理得井井有条。所以，真正好的领导者和管理者，是能够发现人才并将人才放置在合适位置上的人。

仙山难固

刘勤 王春宇 撰
安艳月 绘

【原典】

○（春秋战国）《山海经·海外北经》："北方禺疆，人面鸟身，珥(ěr)两青蛇，践两青蛇。"郭璞云："字玄冥，水神也。"

○（春秋战国）《吕氏春秋·孟冬纪》："其日壬癸，其帝颛顼，其神玄冥。"

○（春秋战国）《列子·汤问》："渤海之东不知几亿万里，有大壑(hè)焉，实惟无底之谷，其下无底，名曰归墟。八纮(hóng)九野之水、天汉之流，莫不注之，而无增无减焉。其中有五山焉：一曰岱舆，二曰员峤，三曰方壶，四曰瀛洲，五曰蓬莱。其山高下周旋三万里，其顶平处九千里，山之中间相去七万里，以为邻居焉。其上台观皆金玉，其上禽兽皆纯缟(gǎo)，珠玕(gān)之树皆丛生，华实皆有滋味，食之皆不老不死。所居之人皆仙圣之种，一日一夕飞相往来者，不可数焉。而五山之根无所连著(zhuó)，常随潮波上下往还，不得暂峙(zhì)焉。仙圣毒之，诉之于帝。帝恐流于西极，失群仙圣之居，乃命禺疆使巨鳌十五，举首而戴之。迭为三番，六万岁一交焉。五山始峙而不动。"

○（春秋战国）《山海经·大荒东经》："东海之渚中有神，人面鸟身，珥两黄蛇，践两黄蛇，名曰禺䝞。"

○（春秋战国）《山海经·大荒北经》："有儋耳之国，任姓，禺号子，食谷。北海之渚中有神，人面鸟身，珥两青蛇，践两赤蛇,名曰禺彊。"

○(东晋)王嘉《拾遗记》卷一:"白帝子答歌:'四维八埏眇难极,驱光逐影穷水域,璇宫夜静当轩织。桐峰文梓千寻直,伐梓作器成琴瑟。清歌流畅乐难极,沧湄海浦来栖息。'……时有五凤,随方之色,集于帝庭,因曰凤鸟氏。金鸣于山,银涌于地。或如龟蛇之类,乍似人鬼之形。有水屈曲,亦如龙凤之状;有山盘纡,亦如屈龙之势。故有龙山、龟山、凤水之目也。"

【今绎】

一

在渤海的东边,有一片神奇的无底之海——归墟①。
无论是天上静静流淌的银河,
还是人间肆意奔腾的江河湖海,
甚至是人们腮边的泪水、叶尖上的露珠……
都会像外出游玩的孩子那样,
最终会蹦蹦跳跳地回到归墟里来。
天地间的水,流来流去,
归墟的水量却看不出丝毫增减。

二

在这片汪洋中,漂浮着五座仙山——

---

① 归墟:亦作"归虚"。传说中归墟在渤海的东面,是一个没有底的大水坑。天下的水都流向归墟,水量却看不出丝毫增减。《列子·汤问》:"渤海之东,不知几亿万里,有大壑焉,实惟无底之谷,其下无底,名曰归墟。"张湛注:"归墟,或作归塘。"

岱舆、员峤、方壶、瀛洲①和蓬莱。

山上的神树,枝头结满了闪闪发光的宝珠和玉石,

山中的瓜果个头硕大、香甜可口,

吃了可以永远年轻美丽。

这里的宫殿、楼台全都是用黄金砌成的,

花园里的麋鹿②、虎豹、凤凰都是白色的。

五座仙山是仙圣们的家园,

他们世世代代都生活在这里。

虽然山与山之间相隔了七万里,

可他们飞来飞去,能像邻居似的串门做客。

三

五座仙山没有根,漂浮在海面上,

它们的底部也没有连在一起,

所以五座仙山经常跟随海水的起伏、海潮的涨退,

---

① 瀛洲(yíng zhōu):归墟五座仙山之一,高三万里,宽九千里,漂泊无根。《史记·秦始皇本纪》载:"齐人徐市(徐福)等上书,言海中有三神山,名曰蓬莱、方丈、瀛洲,仙人居之。请得斋戒,与童男女求之。于是遣徐市发童男女数千人,入海求仙人。"

② 麋鹿(mí lù):比牛大,毛淡褐色,雄的有角,角像鹿,尾像驴,蹄像牛,颈像骆驼,但从整体看哪种动物都不像,故俗称"四不像"。

在这片汪洋中,漂浮着五座仙山——
岱舆、员峤、方壶、瀛洲和蓬莱。
山上的神树,枝头结满了闪闪发光的宝珠和玉石,
山中的瓜果个头硕大、香甜可口,
吃了可以永远年轻美丽。
这里的宫殿、楼台全都是用黄金砌成的,
花园里的麋鹿、虎豹、凤凰都是白色的。

漂来漂去,互相离散,不能有一刻稳定,
有时甚至漂到很远的地方去,好几年才能漂回来。
仙圣们很苦恼,把这件事报告给了天帝。
天帝也担心仙山哪一天会漂到西极①去——
那里可是一年四季大雪茫茫,
连草都长不出来的地方啊!

四

这时,有位神仙向天帝举荐了北方水神——禺彊②。
天帝早就听说过禺彊的大名,
他不仅有召唤灵龟巨鳌③的神力,
还能驱使它们在北方海域巡逻,
防止水妖怪兽在海上作乱。
这样看来,禺彊简直是解决这个难题的最佳人选了!

---

　　① 西极:西边的尽头,谓西方极远之处。《楚辞·离骚》:"朝发轫于天津兮,夕余至于西极。"
　　② 禺彊(yú qiáng):又作"禺京""禺强"。关于禺彊最早的记载见《山海经》。禺彊为北方水神,可以驱使神龟巨鳌。禺彊的形象为人面鸟身,以两条青蛇为耳环,脚下踩两条青蛇。
　　③ 巨鳌(jù áo):巨大的鳌。鳌是传说中的大龟或大鳖。巨,特指体形巨大。《淮南子·览冥训》:"于是女娲炼五色石以补苍天,断鳌足以立四极。"

天帝便立即派凤鸟向禺疆传达旨意。

五

禺疆接到天帝的命令,
便呼唤来五只巨鳌,奔往归墟。
禺疆长着鸟的身子,很威武,
他毛茸茸的胸脯挺得高高的;
一双宽大的翅膀长在背后,威严霸气。
禺疆非常喜欢蛇,所有的蛇都能被他的神力所驱使。
他耳朵上挂着两条小青蛇,脚下踩着两条大青蛇,
——哦不,不是脚,应该叫"鸟爪"。
小青蛇帮助他听懂动物的语言,
而大青蛇帮助他飞得比风还快。
禺疆心中一直盘算着怎么解决仙山难题,两只手在空中不停地比划,
一个没站稳,差点儿从大青蛇上摔下来。

仙山难固

禺彊接到天帝的命令，

便呼唤来五只巨鳌，奔往归墟。

禺彊长着鸟的身子，很威武，

他毛茸茸的胸脯挺得高高的；

一双宽大的翅膀长在背后，威严霸气。

禺彊非常喜欢蛇，所有的蛇都能被他的神力所驱使。

他耳朵上挂着两条小青蛇，脚下踩着两条大青蛇。

于是他命令巨鳌们围成一圈,
后面的衔住前面的尾巴,不能松动,
这样,巨鳌们既不能随便走动,
又不能随便说话了!

六

到了归墟,禺彊振翅一跃,跳到了蓬莱山巅。
他命令五只巨鳌潜入水底,驮起仙山。
巨鳌简直太大了,
一下水就掀起了遮天蔽日的海浪,
他们对禺彊唯命是从,
不一会儿,就各自驮起了一座仙山。

七

禺彊心想:"我这几只巨鳌,闲散惯了,
又喜欢聊天,怕误了大事。我得想个办法!"
于是他命令巨鳌们围成一圈,
后面的衔住前面的尾巴,不能松动,
这样,巨鳌们既不能随便走动,又不能随便说话了!
禺彊认为自己想到了好办法,非常得意。

八

禺彊转身回去复命,走到半路,
只听到背后传来"轰隆隆"的声音。
左耳边的小青蛇说:
"不好啦! 方壶山漂走啦……"
右耳边的小青蛇说:
"不好啦! 巨鳌它活动啦……"
禺彊还没听完就吓出一身冷汗,
赶紧踩上大青蛇往回飞奔。
他远远地就看到海里掀起大浪,
方壶山已经漂出了好几百里。

九

一只巨鳌浮出水面,正昂头嚎叫。
原来,它被后面的那只巨鳌咬疼了尾巴。
"怎么办,怎么办……"
禺彊急得像热锅上的蚂蚁,
一时慌了神儿,没了主意。
"怎么办,怎么办……"

仙山难固

耳朵上的小青蛇也跟着说。

十

"不能慌,想一想,想一想……"
禺彊渐渐冷静了下来,他意识到:
"看来,衔尾巴来固定的办法不行。"
他不断尝试新办法,失败了也不气馁。

十一

但巨鳌是活的,想要让他们一直待在海底不动不移,
不是件容易的事。
于是,禺彊又找来十只巨鳌,加上先前的五只,一共十
五只。
分成三组,每组五只,
让它们六万年交替一次,轮流驮着五座仙山。

十二

然后，禺彊摘来沙棠树①的枝叶，
与建木树皮编成坚韧的绳索；
再将绳索套在五只巨鳌的身上，
把它们连在一起；
仙山与巨鳌之间，也用绳索绑在一起。
这样五座仙山就不能随便移动了。
仙山不再随波逐流，稳稳地停在水面上，
仙圣们没了烦恼，归墟处处又仙乐飘飘。

---

① 沙棠树：木名，木材可造船，果实可食。在神话中，沙棠树的果实有使人不溺水的功效。《山海经·西山经》："（昆仑之丘）有木焉，其状如棠，黄华赤实，其味如李而无核，名曰沙棠，可以御水，食之使人不溺。"

然后，禹彊摘来沙棠树的枝叶，
与建木树皮编成坚韧的绳索；
再将绳索套在五只巨鳌的身上，
把它们连在一起；
仙山与巨鳌之间，也用绳索绑在一起。
这样五座仙山就不能随便移动了。

【衍说】

《山海经》中对禺彊的记载有多处。除了上面的《海外北经》外，还见于《大荒北经》和《大荒东经》。上海博物馆收藏的战国"禺彊印"上就有禺彊的纹饰，人面，正立，鸟身两翼，头上珥蛇，两足践蛇，与《山海经》中的记载完全吻合。

禺彊的形象刻画，到了汉代渐多渐变。有的略去珥蛇，有的略去践蛇，有的有翼，有的则无翼，不一而足。但"人面鸟身"的基本形象还是得以保留。

禺彊的原型也有多种说法：一说是玄冥（玄龟），即龟，是北海水神（或北方水神）；一说是凤，为不周风所生，是北方风神；一说是黄帝之孙。归根结底，这些原型无非是古人在与自然作斗争中，设想出这个"万能"的神人作为精神上的维护。他既能活跃于水中，又能在陆地和天空游行，所以，古代人也常将禺彊作为辟邪之用。

故事中禺彊，与其说他是个高高在上的神灵，不如说他就是生活在我们当中遇到难题的一个普通人而已。他有一不留神的时候，有得意的时候，有慌乱的时候，有吓出一身冷汗的时候，也有像热锅上的蚂蚁的时候。在处理仙山问题上，可谓一波三折，动人心弦。此外，仙山奇妙的景观、憨厚的巨鳌、可爱的灵蛇，都借着作者的生花妙笔而跃然纸上。

　　大家一致推举禺彊来解决稳固仙山的难题，不仅是因为他有着驱使巨鳌灵蛇的神力，还在于他有勤勤恳恳、尽职尽责、不达目的誓不罢休的做事态度。禺彊一接到任务，就一路上专注思考，险些从蛇上摔了下来；到了归墟，他立即命令巨鳌驮起仙山，行动能力极强，而且他考虑问题也比较细致周到，设计了"前后衔尾"的巨鳌排列方式；后来出现问题后，又通过积极思考，找到了巨鳌轮班的方式；为了以防万一，还做了绳索，把巨鳌们固定在一起。这样仙山才真正被固定下来了，确实不容易。

　　人有的时候难以在困难的围城里找到出口，兜兜转转，毫无头绪。这种时候你会怎么办呢？有的人只会抱头痛哭，有的人会暴躁地对身边的人发火，有的人会选择无视并直接放弃。这样，不但不能解决最初的问题，还会衍生出许多新的问题、更大的问题。当我们遇到问题时，要像禺彊一样，善于使用心理疗法，自我调整。只有心平气和，冷静思考，才能做出理性的抉择。

怒撞天柱

刘勤 王自华 撰
安艳月 绘

【原典】

○（春秋）关尹喜《关尹子·盘古篇》："共工触不周山，折天柱，绝地维，女娲补天，射十日。"

○（春秋战国）列御寇《列子·汤问》："天地亦物也。物有不足，故昔者女娲氏炼五色石以补其阙，断鳌之足以立四极。其后共工氏与颛顼争为帝，怒而触不周之山，折天柱，绝地维，故天倾西北，日月星辰就焉；地不满东南，故百川水潦归焉。"

○（西汉）刘安《淮南子·天文训》："昔者共工与颛顼争为帝，怒而触不周之山，天柱折，地维绝。天倾西北，故日月星辰移焉；地不满东南，故水潦尘埃归焉。"

○（东汉）王充《论衡·谈天》："儒书言：'共工与颛顼争为天子，不胜，怒而触不周之山，使天柱折，地维绝。女娲销炼五色石以补苍天，断鳌足以立四极。天不足西北，故日月移焉；地不足东南，故百川注焉。'此久远之文，世间是之言也。"

○（唐）司马贞《补史记·三皇本纪》："诸侯有共工氏，任智刑以强霸而不王；以水乘木，乃与祝融战。不胜而怒，乃头触不周山崩，天柱折，地维缺。"

○（南宋）罗泌《路史·发挥一》："盖言共工之乱，傲扰天纪，地维为绝，天柱为折，此大乱之甚也。女娲氏作奋其一，怒灭共工而平天下，四土复正，万民更生，此所谓补天立极之功也。"

○（南宋）罗泌《路史·共工氏传》："共工氏，羲氏之代侯者也，是曰康回。髳身朱发，岥狠明德，任智自神。太昊氏没，傲乱天常，窃保冀方。抢攘为杰，于是左概介丘，右礲终隆，振滔洪水，以薄空桑。寇剧于诸侯，虐弱以逞。爰以浮游为卿，自谓水德，故为水纪，官师制度皆以水名。盖乘时雎起，而失其纪，是以后世不得议其世也。方其君国也，专以财利贸兴有亡。其取之也，水处十七而陆处十三，乘天势以豏制天下，而用不匮。迨其跋扈，更复虐取，任刑以逞，人不堪命。于是立兵仗，聚亡义，以奸天宪。专任浮游，自圣其智，以为亡可臣者。故官圹而国日乱，民亡所附，贤亡所从。尚虞湛乐，淫失其身，犹欲凭怒，傃其悍塞，壃防百川，隳高闉卑，率方舆而潮陷之。行违皇乾，诸福弗畀，疾荐作而蓄屡臻。女娲氏戮之，共工氏以亡。凡四十有五载，落。有子不才，终死为厉。"

【今绎】

一

共工①是水神,本领强大:
土地干裂的时候,
他降下甘霖,滋润万物;
洪水泛滥的时候,
他可以一口气把洪水喝进肚里。
可是他脾气不太好,
如果有人惹恼了他,
他就一滴雨也不下,给人间造成干旱,
或者降下倾盆大雨,给人间带来洪灾。

---

① 共工:中国神话传说中的水神。相传为炎帝后裔,蚩尤的部下。人面,蛇身,朱发。《列子·汤问》:"共工氏与颛顼争为帝,怒而触不周之山,折天柱,绝地维,故天倾西北,日月星辰就焉;地不满东南,故百川水潦归焉。"

二

因为他的神力与百姓生活息息相关,
所以天帝颛顼对共工也是礼让三分。
可是共工根本没有把颛顼放在眼里,
他认为颛顼只会弹琴唱歌,
哪里都不如自己,不配做天帝!
再加上一些别有用心的天神的蛊惑,
共工居然举兵挑战颛顼的帝位,
但他哪里是颛顼的对手,
很快就被颛顼打败了。

三

颛顼打了胜仗,并没有虐待共工的族人,
还分给他们食物,赐给他们良田,
赢得了共工族人们的尊崇和爱戴。
大部分族人都不肯再跟随共工继续打仗,
共工却不甘心向颛顼投降,

共工居然举兵挑战颛顼的帝位,
但他哪里是颛顼的对手,
很快就被颛顼打败了。

便气鼓鼓地逃到了不周山①。

四

不周山是西北海外的一根天柱。
它牢牢地支撑着天和地,
使得天空高高在上不坍塌,
大地平平稳稳在下不陷落。
如果它轻轻一摇,
大地就会发生强烈的地震。

---

① 不周山:古代传说中的山名,据说在昆仑山西北,不周山的山体断裂开了合不起来。《山海经·大荒西经》:"西北海之外,大荒之隅,有山而不合,名曰不周。"

共工却不甘心向颛顼投降,
便气鼓鼓地逃到了不周山。

五

共工仰望着不周山,隐隐的仇恨涌上心头:

"颛顼! 你算什么? 我才是天下第一!

你让我丧失尊严,受尽耻辱。

来吧,现在我报仇雪恨的时候到了!"

他决心毁了不周山,从而摧毁颛顼的统治。

六

共工腾飞到半空,用蛇尾抽打不周山。

不周山纹丝不动,没有受到丝毫伤害。

共工又化身为洪水奔涌而来,

若是别的山早就在洪波里打着旋儿了,

但不周山只是晃了晃,过了一会儿,依然兀立在那里。

七

好胜的共工还是不罢休,

他非毁了不周山不可!

这次他把脑袋变得又硬又大,
接着埋头、弓腰、跺脚,
用尽全身神力,向不周山撞去!
只听见晴空一声霹雳,
不周山中腾出一条红彤彤的巨龙,
半山腰上随之出现一条巨大的裂缝,
天啊,不周山折断了!

八

紧接着,西北方的天空,
出现一个又大又深的洞,
导致天空向那边倾斜,
日月星辰便跟着滚了过去。
系地的绳子断了,
大地向东南方向倾斜,
裂开了一个好深好大的口子,
洪水漫卷着黄沙、尘埃滚滚涌去。

怒撞天柱

只听见晴空一声霹雳,

不周山中腾出一条红彤彤的巨龙,

半山腰上随之出现一条巨大的裂缝,

天啊,不周山折断了!

九

灾难紧随其后。
天空再也不能保护苍生，
冰雹、巨石从天而降，
把原野砸得坑坑洼洼；
大地再也不能承载万物，
烈火燃烧不灭，洪水泛滥不退，
猛兽也跑出来吞食善良的人们。
尖叫声、啼哭声、嚎叫声，不绝于耳。
此时共工使用神力也无济于事，
他不由自主地向东南方滑去，
身上被乱石砸得伤痕累累，
长长的头发被火点燃，一片血红。
痛苦中，共工流下了悔恨的泪水，
无奈地叹息道："一切都太晚了！"

大地再也不能承载万物，
烈火燃烧不灭，洪水泛滥不退，
猛兽也跑出来吞食善良的人们。
尖叫声、啼哭声、嚎叫声，不绝于耳。

十

后来,
女娲①炼出五色石,补好了天和地,
颛顼让重②和黎③重新修好了大柱,
并带领人们把猛兽赶进了森林。
当人们在水边重建家园的时候,
颛顼在山巅弹起了《承云之歌》,
人们在歌声中劳作,万物在歌声中复苏。
共工第一次静下心来听这首曲子,
他内心的阴霾渐渐散去,
原来,真正的伟大不是破坏,而是建设;
真正的天帝,永远都是把人民放在第一。

---

① 女娲(nǚ wā):神话传说中的古帝名,被称为人类的始祖,三皇之一。传说她和伏羲氏兄妹相婚而产生人类,后来禁止兄妹通婚,并制定婚礼。又传说她用黄土造人,炼五色石补天,折断鳌足支撑天地的四角,治平洪水,杀死猛兽,使人民得以安居。《山海经·大荒西经》:"有神十人,名曰女娲之肠,化为神,处栗广之野,横道而处。"东晋郭璞注:"女娲,古神女而帝者,人面蛇身,一日中七十变。"

② 重(zhòng):天神老童之子,绝地天通的神。《山海经·大荒西经》:"颛顼生老童,老童生重及黎,帝令重献上天,令黎邛下地。"

③ 黎:天神老童之子,绝地天通的神。

后来，
女娲炼出五色石，补好了天和地，
颛顼让重和黎重新修好了天柱，
并带领人们把猛兽赶进了森林。

【衍说】

共工,一说是黄河水神,一说是黄河中游地区古姬羌部族祭祀的水神,一说治理黄河水患的失败者。无论如何,共工的神话传说,反映了黄河流域悠久的历史文明和黄河中游地区民族的历史活动。本篇故事的第一段,共工实际上就是人格化的黄河本身。

历史学家指出:"中国古史上,有一盛大之洪水传说……吾人已知其当由黄河之泛滥演化而来。"此洪水即与共工有关。如果将共工视为黄河水神本身,洪水泛滥自然就可以人格化为暴躁的共工;如果将共工视为治水失败者,洪水泛滥就是因为共工治水失败。史书上写到共工曾"壅防百川",即与鲧的落后治水方法一致,是以堙塞为主,遂导致黄河水位升高,河水倒灌,最终决口,下游一片泽国。如此,共工也就变相地演变成了洪水的始作俑者,遂被恶名。如此的话,"共工与颛顼争帝"故事的背后,实际上言说的就是治水的成败问题。据《史记·律书》所载:"颛顼有共工之陈,以平水害。"由此可知,颛顼治水是吸收了共工治水的经验教训,以先进的疏导的方法平息水患,取得了胜利。后世按五行学说来给五帝排序时,颛顼被分派为"水帝",管理北方水利,就很能说明问题。无论如何,共工的形象大多为负面。所以,在神话中,共工又被列为"四凶之一",先秦史

怒撞天柱

书也有"流共工于幽州"的记载。

本故事《怒撞天柱》来源于《列子·汤问》和《淮南子·天文训》中关于"共工与颛顼争为帝怒而触不周之山"的记载,并吸收学界一般观点,将共工怒触不周山的故事与女娲补天的故事连缀起来:第八、九段主要为毁天灭地的灾难性描写;第十段写灾难后的重建。此外,本故事用了较多笔墨解决共工为什么撞天柱以及撞的后果是什么,从而引出故事最后那句话:"真正的伟大不是破坏,而是建设;真正的天帝,永远都是把人民放在第一。"

在社会越来越强调竞争的环境下,很多人都喜欢争个一二,却根本不管这个一二的标准是什么,甚至丧失了基本的是非黑白标准。是狭隘空洞的"唯我独尊"?还是更有意义的为民服务?这是应该搞清楚的问题。我们固然要有竞争意识,不忤时代潮流,但也不能过于争强好胜,偏激发狂。世界这么大,天外有天,人外有人,我们应始终保持谦逊的态度,永怀感恩的心,向着光明前进。

"旧瓶装新酒",推陈出新,从这个故事,你或许可以窥见一二。

鱼妇神化

刘勤 苏德 撰
王舒啸 绘

【原典】

○(春秋战国)《山海经·海外南经》:"南山在其东南,自此以来,虫为蛇,蛇号为鱼。"

○(春秋战国)《山海经·大荒西经》:"有鱼偏枯,名曰鱼妇。颛顼死即复苏。风道北来,天乃大水泉,蛇乃化为鱼,是谓鱼妇。颛顼死即复苏。"

○(西晋)左思《昭明文选·吴都赋》:"双则比目,片则王余。"注:"比目鱼,东海所出。王余鱼,其身半也。俗云:'越王鲙鱼未尽,因以残半弃水中为鱼,遂无其一面,故曰王余也。'"

【今绎】

一

蜿蜒的小河悄悄流淌,
一只被切去一半鱼肉的鱼儿——鱼妇,
静静地躺在柔软的水草上。
她的鳞片轻薄透亮,
一些漂浮在水面上,
一些沉入了水底。

二

不知过了多久,鱼妇活了过来。
她摆动着干枯的尾巴,慢慢游动起来,
而且越来越灵活,越来越快乐。
在她游过的地方,
漂浮的枯叶变成嫩绿的新叶,重新飞回枝头;
老死的鸟儿又活了过来,精神饱满地快乐歌唱。
花鸟虫鱼莫不喜欢她,

在她游过的地方,

漂浮的枯叶变成嫩绿的新叶,重新飞回枝头;

老死的鸟儿又活了过来,精神饱满地快乐歌唱。

飞禽走兽莫不追随她。

三

鱼妇游到一处污浊的河水边,
河水顿时变得清澈了。
一个年轻人沉睡在厚厚的水草里,
他已经没有了呼吸。
雄鹰在天空盘旋,唱道:
"我越过一百座大山,
没见过这么善良的君王;
我掠过一千条河流,
没见过这么仁慈的君王。
神武英明的颛顼啊,
你护佑百姓为民捐躯;
滚滚河流,你可知我心中悲伤!"

一个年轻人沉睡在厚厚的水草里,
他已经没有了呼吸。

四

云哭得泪水落到地上,
把大地浸染得咸咸的;
风带着哭腔嘶吼,
惹得千年古树都忍不住抽泣;
大雁也哭得没有力气飞翔,
一只只地往地上坠落;
大鱼小鱼围着他,挨着他,
为他驱赶寒冷。

五

颛顼似乎睡着了。
他脸色苍白,双唇微张,
白白的门牙露出来,好像有话要讲。
"他真的已经死了吗? 他是怎么死的呢?"
鱼妇好奇地打量着颛顼,心里面这样想。
天上的雄鹰飞了下来,
告诉了鱼妇颛顼的死因——

六

那时,敌人骑马持刀闯进了宁静的村庄。
他们气势汹汹,用马儿踩踏村人;
他们杀死了男人,抢走了女人;
还放火烧房子……
银白灰暗的天底下,只有雪花斜斜飘扬。
首领颛顼率兵作战,守卫部族和百姓。
却被阴险小人从背后射杀,
跌入了滚滚江河之中。
如今江河已经恢复平静,
颛顼却已不再醒来。

七

鱼妇凝视着颛顼,静静倾听,
感觉颛顼的形象越来越高大,越来越温暖,
她的心久久不能平静。
鱼妇从雄鹰那里听完了颛顼的故事,
心中涌起了对颛顼的尊敬和爱慕之情,

银白灰暗的天底下,只有雪花斜斜飘扬。

首领颛顼率兵作战,守卫部族和百姓。

她感叹道：

"多么英俊的颛顼啊，多么英明的君王啊，
我不能让他就这样躺在水草里！"

八

鱼妇绕着颛顼游了一圈，
她用残剩的鱼鳍去摇动颛顼的手指，
又用干枯的尾巴去抚摸颛顼的面颊。
"多么俊朗的脸蛋，多么刚毅的眉梢。
您遭遇大难的时候，为什么我不在身边？
虽然我是这样的卑微……"
鱼妇想到这里，滴下了深情的眼泪，
情不自禁地亲吻了他一下。

九

神奇的事情发生了！
北风突然吹起来，
水面漾起阵阵波纹，

鱼妇想到这里,滴下了深情的眼泪,情不自禁地亲吻了他一下。

河底涌动阵阵暗流。
水越来越多,河岸渐渐高涨,
托着颛顼的身体,浮上了水面。
他的身体慢慢有了温度,逐渐柔软起来。
大鱼小鱼们欢快地游过来,
都关切地簇拥到颛顼身旁;
天上的鸟儿们都激动起来,
衔着他的衣衫将他拖到岸边。

十

九天①传过来曼妙的歌曲,
河岸弥漫起浓郁的花香,
片片花瓣散落在他身上。
颛顼渐渐睁开了眼睛,
口里喃喃唤道:"鱼妇,鱼妇……"
可是鱼妇早已游走了。

---

① 九天:又称"九霄""九重天"。古人认为天有九重。《淮南子·天文训》云:"天有九重。"《楚辞·天问》云:"圜则九重。"王逸注:"言天圜而九重。"后形容极高的天空。

九天传过来曼妙的歌曲，
河岸弥漫起浓郁的花香，
片片花瓣散落在他身上。

【衍说】

颛顼是黄帝的后裔,是历史上"绝地天通"的大神。《史记·五帝本纪》描写颛顼"静渊以有谋,疏通而知事",有着优秀的政治素质。他生于若水(今川西一带),走出蜀门,征服九黎,建立了许多新邦国,并以新的理念改革人事、历法、治水等,遂促使社会制度由母系向父系转化,故颛顼又有"历史上最早的改革家"之称。

颛顼时代,很多地方还处于母系氏族统治之下,男性的聪明才智受到压制。有学者认为,上面《山海经·大荒西经》所载的鱼妇和颛顼的神话,是政治隐喻,认为这个神话背后的信息,是指蜀王鱼凫(鱼妇)受到颛顼的压迫。

无论如何,从历史上看,颛顼在征服九黎之后,的确对母系(母权)制度有所改革。《淮南子·齐俗训》讲颛顼立法:"妇人不辟男子于路者,拂之于四达之衢。"反过来说,过去妇女是不给男子让路的。这些行动表明,颛顼在大力促进社会向父系社会转化上,的确做了重要举措,无愧于"历史上最早的改革家"之称。

《鱼妇神化》让颛顼在一场战争中死去。战争是残酷的,即便神明如颛顼,死亡仍然难以幸免。如果没有遇到鱼妇,他是不是永远不会再醒来了呢?鱼妇在这里扮演着治愈者的身份,她治愈着这个千疮百孔的世界,叩问着战争的罪恶。尽管她曾被人切去一半身体,遭遇到如此残酷不公的对待,但她仍旧充满了生命的活力,其不绝源泉是她内心的善良和爱意。这种情愫传感开去,便发生了万物复苏、死而复生的奇迹。

鱼妇救活了颛顼,不仅是她一如既往的善良和神力使然,也在于她受到颛顼壮烈事迹的感动,因而从内心引发出一股崇敬和深爱,正是这种力量让枯木逢春、人死复生。

鱼妇救活了颛顼,却悄然离开,给读者留下怅惘、长叹。鱼妇为什么要离开?她助人为乐却不喜报答?她爱上了颛顼却自惭形秽?也许都有。也许,在真正的爱情面前,在爱人面前,自尊心会卑微得低到尘埃里。

爱情不总是来得那么恰到好处,总会带有一丝错过的意味。但错过是"过"而不是"错",这样的爱情同样值得珍惜。

如此看来,这是一个典型的中国版《美人鱼》故事。

凶兽梼杌

刘勤 高蓉 撰
王舒啸 绘

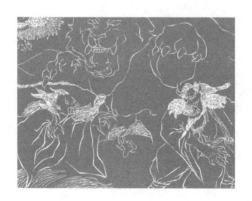

【原典】

○（春秋战国）《左传·文公十八年》："颛顼氏有不才子，不可教训，不知话言，告之则顽，舍之则嚚，傲很明德，以乱天常，天下之民谓之'梼杌'。此三族也，世济其凶，增其恶名……舜臣尧，宾于四门，流四凶族浑敦、穷奇、梼杌、饕餮，投诸四裔，以御魑魅。"

○（西汉）《神异经·西荒经》："西方荒中有兽焉，其状如虎而大，豪长，人面，虎足，猪口牙，尾长一丈八尺（能斗不退），搅乱荒中，名梼杌。一名傲很，一名难训。（此兽食人）"

彦序按：括号中内容为台湾学者王国良先生《神异经校释》依《太平御览》《纬略》《左传正义》及清人陶宪曾《神异经辑校》等书所引而补充。

○（东汉）《孟子正义》："'梼杌'者，嚚凶之类，兴于记恶之戒，因以为名。"

○（东汉）赵岐《孟子章句·离娄下》："王者之迹熄而《诗》亡，《诗》亡然后《春秋》作。晋之《乘》，楚之《梼杌》，鲁之《春秋》。"注曰："梼杌者，嚚凶之类，兴于记恶之戒，因以为名。"

○（明）张萱《疑耀》卷四："梼杌，恶兽，楚以名史，主于惩恶。又云，梼杌能逆知未来，故有人掩捕者，必先知之。史以示往来知者也，故取名焉。"

○（明）董说《七国考·楚琐徵》引《湘东纪闻》："梼杌之

兽，能逆知未来。故人有掩捕，辄逃匿，史以示往知来，故名《梼杌》。"

○（南宋）罗愿《尔雅翼》卷二一《释兽四·梼杌》："梼杌好斗，至死不却，西荒中兽也。状如虎，豪长三尺，人面虎爪，口牙一丈八尺，（《神异经》云：毫长二尺，人面虎足猪牙，尾长丈八尺）人或食之，兽斗终不退却，唯死而已。荒中张捕之，复黜逆知之……据左氏颛顼氏有不才子，谓之梼杌……梼杌之为物，能逆知来事，故以此目之。"

【今绎】

一

颛顼有个儿子从小调皮捣蛋,不听父母的管教。
颛顼请了很多有德有才的天神来教导他。
但他不喜欢被人管束,也不爱学习。
整日里东游西荡,四处玩耍。
他总是高高地昂着头,骄傲地说:
"哼! 我是天帝颛顼的儿子,我根本不需要学习本领!"

二

他经常为了一些莫名其妙的小事儿和别的孩子打架,
而且从来不认错:"我父亲是北方天帝,你们都必须臣服于我!"
颛顼知道后,非常生气,总是会狠狠地教训他,
并且拉着他亲自登门道歉。
但因为事务繁忙,颛顼实在抽不出太多时间教导他。

凶兽梼杌

他经常为了一些莫名其妙的小事儿和别的孩子打架,而且从来不认错:"我父亲是北方天帝,你们都必须臣服于我!"

三

因为没有正确的引导和管束，这孩子更加嚣张跋扈，
借着颛顼的威望到处惹是生非，欺负弱小。
人们非常讨厌他，给他取名叫"梼杌①"，
意思是像坚硬的木头一样，冥顽不灵！
长大后，他的性情更加暴躁，是非不分，
喜欢奸诈的坏人，鄙视有美德的好人。

四

颛顼多次训诫，梼杌仍然不肯悔改。
他看见人做好事便破口大骂，
看见人做坏事却在一边欢呼；
他撺掇孝顺的子女抛弃年老的父母，
挑唆和睦的兄弟相互仇视。

---

① 梼杌（táo wù）：颛顼的儿子，一说为凶兽名。《左传·文公十八年》："颛顼有不才子，不可教训，不知话言，告之则顽，舍之则嚚，傲狠明德，以乱天常，天下之民谓之梼杌。"

凶兽梼杌

他看见人做好事便破口大骂,
看见人做坏事却在一边欢呼;
他撺掇孝顺的子女抛弃年老的父母,
挑唆和睦的兄弟相互仇视。

五

他的恶行搅乱了天地的秩序,
败坏了传承千年的道德伦常。
人们畏惧他的凶狠,看到他就躲得远远的!
大家的怨气和怒气传到了天庭,
一致要求颛顼杀掉这个逆子——梼杌,
颛顼非常痛心,但是有什么办法呢?
况且他确实也对儿子失去了信心。

六

智慧之神得知后,请求颛顼给梼杌一个改过自新的机会。
并亲自去劝说梼杌:"梼杌,你敢跟我打个赌吗?"
"打赌? 这天下就没有我不敢做的事情!"梼杌不屑地昂着头。

智慧之神得知后,请求颛顼给梼杌一个改过自新的机会。并亲自去劝说梼杌:"梼杌,你敢跟我打个赌吗?"

"西荒①有许多凶恶的妖魔,还有善于魅惑人心的魑魅②,如果你能制服它们,我就让你父亲赦免你。"智慧之神说。

"就这点小事,太简单了!"梼杌根本没有放在眼里。

七

梼杌来到西荒,主动挑战此地的妖魔和魑魅。
因为他有预知未来的能力,
所以敌人的每一次阴谋诡计,
他都能了如指掌,
并且找到相应的方法轻松化解。
他神力惊人,永不言败,
最后打败了西荒的妖魔和魑魅。

---

① 西荒:西方荒远之地。相传古代京畿之外划分为侯、甸、绥、要、荒,称五服。服,五百里。荒服最远。出自《尔雅》:"西荒有西王母国。"唐孟郊《感怀》诗:"群物归大化,六龙颓西荒。"

② 魑魅(chī mèi):古谓能害人的山泽之神怪,亦泛指鬼怪。《汉书·王莽传》:"敢有非井田圣制,无法惑众者,投诸四裔,以御魑魅。"颜师古注:"魑,山神也。魅,老物精也。"

梼杌来到西荒,

主动挑战此地的妖魔和魑魅。

八

梼杌得意洋洋地来到智慧之神面前炫耀:"你看,我赢了!"
智慧之神什么也没说,只是指着云端下面喝彩的人们说:
"梼杌,你听听人们的声音!"
原来人们知道梼杌平定了西荒,
纷纷赞扬他的神勇威武、功勋盖世。
梼杌第一次被人夸奖,心里美滋滋的,
这是他从来没有过的感觉。

九

智慧之神问:"梼杌,知道人们为什么会夸奖你吗?"
梼杌还是昂着头,一脸不屑:"那还不简单! 因为我很强大!"
智慧之神摇摇头:"不是! 因为你是知错能改的勇士,是惩恶扬善的天神。"
听了智慧之神的话,梼杌沉默了,
他的心里很不是滋味,仿佛慢慢领悟到了什么。
他主动请求父亲颛顼把他发配到西荒。

十

在梼杌的威慑下,
西荒的妖魔和魑魅,纷纷臣服,
任他驱使,再也不敢出来作乱。
又因为梼杌能预知未来吉凶,帮助人们躲避灾祸,
所以后来人们非常敬仰他,
楚地的人甚至将他奉为图腾加以崇拜。

又因为梼杌能预知未来吉凶,帮助人们躲避灾祸,
所以后来人们非常敬仰他,
楚地的人甚至将他奉为图腾加以崇拜。

【衍说】

在先秦典籍中,"梼杌"一词,大致有如下几个含义:

第一,即《左传·文公十八年》所载的颛顼不才子,亦见载于《史记》卷一《五帝本纪》等。诸家解释也特别强调梼杌的"顽凶无俦匹之貌"(杜预注),并认为"梼杌"即是"鲧"。后一看法显然是误会,原因估计是将"四凶"与《尚书·尧典》所载"四罪"相混淆、比附了。

第二,即《神异经·西荒经》所载之兽名。其形象是"其状如虎而大,豪长,人面,虎足,猪口牙,尾长一丈八尺";特点是"(能斗不退),搅乱荒中……一名傲很,一名难训(此兽食人)"。

第三,即《孟子·离娄下》所载楚史之名。《孟子章句》赵歧注:"'梼杌'者,嚚凶之类,兴于记恶劝戒,因以为名。"明代张萱《疑耀》继续说:"梼杌,恶兽,楚以名史,主于惩恶……梼杌能逆知未来,故有人掩捕者,必先知之。史以示往知来者也,故取名焉。"这种以"梼杌"为戒,"记恶劝戒"的视角,显然是后世对古代神话人物精神的选择性利用。

第三义,显然最为后起,而第二义应最古。此篇改编后的《凶兽梼杌》实际上糅合了此三义,梼杌的身份侧重于第一义,形象上借取第二义,教育意义上是对第三义的发展。

梼杌，历来被人们所厌弃。本故事钩沉原典，结构故事，从新的视角给我们传达出完全不一样的体验。故事给我们展示了梼杌由恶而善的过程，强调了教育的重要性。

每一个孩子都值得被原谅。每个孩子都有优点和缺点，只不过，有的孩子缺点暴露得多，而优点就被淹没和忽略了。而且缺点和优点也并不是绝对的，就像梼杌一样，经过智慧之神的耐心引导，缺点也可以转化为优点。

在现实生活中，父母忙于工作，往往忽略了对孩子的耐心管教，等到发现问题后，又总是采取粗暴简单的方式进行处理，甚至在多次劝说无果后，选择放弃。还有的父母不愿意正视自己孩子的问题，以至于错过了纠正问题的最佳时机。可是孩子生来是一张白纸，他们的人生画卷才刚刚展开，他们的未来有无限可能，家长和社会必须担当起这个责任。

梼杌知错能改，善莫大焉！金无足赤，人无完人。我们每个人都会犯错，关键是犯错之后，不能给自己打圆场、找借口，更不能听之任之，而是应该正确面对，积极找办法解决。以正确的价值观做指引，做得更好、更优秀。

小儿夜哭

刘勤 高蓉 撰
王舒啸 绘

【原典】

○（东汉）王充《论衡·订鬼篇》："《礼》曰：颛顼氏有三子，生而亡去为疫鬼：一居江水，是为虐鬼；一居若水，是为魍魉鬼；一居人宫室区隅沤库，善惊人小儿。"

○（东汉）王充《论衡·解除篇》："昔颛顼氏有子三人，生而皆亡，一居江水为虐（疟）鬼，一居若水为魍魉，一居欧隅之间，主疫病人。故岁终事毕，驱逐疫鬼，因以送陈迎新，内吉也。"

○（东汉）蔡邕《独断》："帝颛顼有三子，生而亡去为鬼。其一者居江水，是为瘟鬼；其一者居若水，是为魍魉；其一者居人宫室枢隅处，善惊小儿。"

○（东晋）干宝《搜神记》："昔颛顼氏有三子，死而为疫鬼：一居江水，为虐鬼；一居若水，为魍魉鬼；一居人宫室，善惊人小儿，为小鬼。于是正岁，命方相氏帅肆傩以驱疫鬼。"

○（南朝宋）范晔《后汉书·志第五·礼仪中》："先腊一日，大傩，谓之逐疫。其仪：选中黄门子弟年十岁以上，十二以下，百二十人为侲子。皆赤帻皂制，执大鼗。方相氏黄金四目，蒙熊皮，玄衣朱裳，执戈扬盾。十二兽有衣毛角。中黄门行之，冗从仆射将之，以逐恶鬼于禁中……黄门令奏曰：'侲子备，请逐疫。'于是中黄门倡，侲子和……因作方相与十二兽儛。欢呼，周遍前后省三过，持炬火，送疫出端门……百官官府各以木面兽能为傩人师讫,设桃梗、郁儡、苇茭毕,执事陛者罢。"

○(南朝梁)宗懔《荆楚岁时记》:"冬至日,量日影,作赤豆粥,以禳疫。"隋杜公瞻注:"共工氏有不才之子,以冬至日死,为疫鬼。畏赤小豆,故冬至作赤豆粥禳之。"

○(北宋)李昉《太平御览》卷五百三十:"《礼纬》曰,颛顼有三子,生而亡去为疫鬼:一居江水,是为虐鬼、魅(魑)鬼;一居人宫室区隅,善惊人小儿。于是常以正岁十二月,令礼官方相氏蒙熊皮,黄金四目,玄衣纁裳,执戈扬盾,帅百隶及童子而时傩,以索室而驱疫鬼,以桃弧苇矢工(土)鼓且射之,以赤丸五谷播洒之,以除疫殃。"

○(南宋)洪迈《夷坚志》有用黑豆驱鬼的记载:"宣和中……呼道士行法,咒黑豆投于井,怪乃绝不至。"

○(明)孙瑴《古微书》:"颛顼有三子,生而亡去,为疫鬼:一居江水,是为疟鬼;一居若水,为魍魉;一居人宫室区隅,善惊人小儿,为小鬼。"

○(清)陈梦雷《古今图书集成·博物汇编·草木典·豆部》:"赤豆,小而色赤,心之谷也。或云共工氏有不才子,以冬至死为疫鬼,而畏赤豆故,于是日作粥以厌之。"

○《杂五行书》:"常以正月旦,亦用月半,以麻子二七颗、赤小豆七枚,置井中,辟疫病,甚神验。"

【今绎】

一

有个部落最近发生了怪事！一到夜晚，
所有的孩子都会傻乎乎地笑，对着空气自言自语；
所有的狗都不停地汪汪叫，摇着尾巴乱跑；
所有的牛羊都不肯进圈，一个劲儿地尥蹶子①；
所有的公鸡仿佛都睡不着，整夜打鸣儿。

二

到了白天，小一点的孩子便高烧不退，迷迷糊糊地胡乱说话。
大丫说："我们家角落里有个小婴儿，蹦蹦跳跳的。"
二狗说："晚上，我听见一个小婴儿开心的笑声。"
阿毛说："我看见一个小婴儿在村子里四处乱窜。"
他顿了顿，继续神神秘秘地说：

---

① 尥蹶子（liào juě zi）：骡马乱踢后脚，也比喻人着急时的莽撞行动。

阿毛说:"我看见一个小婴儿在村子里四处乱窜。"

他顿了顿,继续神神秘秘地说:

"那家伙长着尾巴,跑得比风还快。"

"那家伙长着尾巴,跑得比风还快。"

三

大家怀疑是鬼魅,请来巫师驱鬼。
巫师在夜里设坛作法。
刚燃起符草,一阵风过,火苗"啪嗒"一声灭了;
刚举起桃木剑①,"啪"的一声,不知被谁给折断了;
刚举起照妖铜镜,一泡尿对着他的脸喷来,腥臭难闻。
巫师又气又怕,连连摆手:
"治不了,治不了,告辞!"

四

大家在家门口摆上各种食物,
请求这个鬼魅不要来惊扰家中的小孩。
可是,东西被吃得一干二净,孩子的病仍然不见好转。
大家想了各种办法都没用,

---

① 桃木剑:道教中的一种法器。在中国传统习俗中,桃木剑被认为有镇宝、纳福、辟邪、招财等作用。

大家怀疑是鬼魅,请来巫师驱鬼。
巫师在夜里设坛作法。

只好派人远赴登葆山①,
去请本领通天的大巫师。

五

大巫师说:"这是一种叫小儿鬼的东西。
此鬼本来是天帝颛顼的儿子,很小便夭折了。
他不甘就这样孤独死去,浑身充满了怨气。
后来,他化身为小儿鬼,专门惊扰小孩儿。
但他怕光和赤小豆,
只要在夜里长燃灯火,
然后在家门口摆放一碗赤小豆,或者赤小豆粥,
他就不会出现。"
大家按照大巫师的说法,
家家户户都彻夜燃灯,

---

① 登葆山(dēng bǎo shān):传说中的神山,可以通天。《山海经·海外西经》:"登葆山,群巫所从上下也,并封在巫咸东。"

大巫师说:"这是一种叫小儿鬼的东西。

此鬼本来是天帝颛顼的儿子,很小便夭折了。

他不甘就这样孤独死去,浑身充满了怨气。

后来,他化身为小儿鬼,专门惊扰小孩儿。"

并在门口摆上一碗赤小豆,或者赤小豆粥。
果然,孩子们的病好了,部落恢复了宁静。

六

一天夜里,一户人家不小心打翻了油灯,引起了火灾。
大火很快蔓延到了整个部落。
人们惊醒时,大半个部落都快要烧毁了。
有人被大火烧死,有人被烧断的房梁砸伤。
在大火之中,人们无力地哭喊着,
眼睁睁地看着曾经幸福的家园变成了废墟。

七

但奇怪的是,所有小孩子都被放在部落外的空地上,
而且没有一个孩子受伤。
一个孩子说:"是一个小孩儿把我们抱出来的。他全身都是火,像个火球。"
另一个孩子说:"对啊,就是常常跟我们玩儿的那个孩子。"
大家这才知道,是小儿鬼救了他们的孩子。

八

孩子们都说,是一个长着尾巴的小孩把他们从火海里抱出来的。
是小儿鬼救了他们的孩子。
为了感谢小儿鬼,大家请来巫师,
摆上好吃的食物、玩具,虔诚地祭祀他。
但是,他们仍然害怕小儿鬼来惊扰自己的孩子。
所以每到夜晚,有孩子的人家还是会在门口挂上红灯笼,
以及在门口摆上一碗赤小豆,或者赤小豆粥。

九

小儿鬼望着一个个红灯笼,非常自责。
因为他的出现,大家才会彻夜燃灯,
从而引起这场大火,让那么多无辜的人死于大火之中。
可是,他只是想要找个玩伴,从没有想过害人。
被烧得面目全非的小儿鬼默默地离开了村庄。

孩子们都说,是一个长着尾巴的小孩把他们从火海里抱出来的。
是小儿鬼救了他们的孩子。

被烧得面目全非的小儿鬼默默地离开了村庄。

十

人们互相转告驱赶小儿鬼的方法。

小儿鬼只能孤零零地四处流浪。

他只敢藏在房屋的角落里,偷偷地跟小孩子玩耍。

他非常渴望和那些小孩子成为好朋友,

为他孤独的生活增添一点乐趣,

但只要看到哪家门口有红灯笼,有赤小豆,

他便会默默离开。

【衍说】

关于小儿鬼的故事,至今在邻里乡间还广泛传播。"古之巫书"的《山海经》多有对"小儿"之形之声的描述,表现出人们对"小儿"的关注。 生物的最重要命题就是遗传,人类当然也是如此。 人类神话史上第一批神灵即是围绕着"小儿"主题展开的生殖神,它对应着人类历史上的母系氏族时期,并造就了洋洋大观的女神崇拜。 因为在生产力低下的原始社会,人口的多寡正是氏族强弱的重要标志。 在母系向父系转变以后,"小儿"又成了维系宗法血缘制的重要载体。

关于小儿鬼古籍记载很多,除了以上所列,还有《论衡》《太平御览》所引之《礼纬》《搜神记》所引之《夏鼎志》等等。 至于古帝颛顼的三子为什么成了疫鬼:疟鬼(瘟鬼)、魍魉(魍魉鬼)和小儿鬼,汉代的蔡邕在《独断》中解释说,这是因为颛顼本身就是"疫神",所以有其父必有其子。

对于颛顼的阴性(鱼性、水性)和不死属性,我们曾在《鱼妇神化》中说明过。 颛顼后来发展为北方帝、黑帝、水帝,实际上也是"阴性"特征的延展。 无论是王充在《论衡》中说"阴气为害",还是古小说中常说一个人被鬼缠绕会导致"阴气重",都是这种思维的体现。

疫鬼,顾名思义,就是散布瘟疫的鬼神。 古人认为瘟疫有鬼神主宰，瘟疫会导致人畜生病，甚至死亡。又因对"小儿"的重视，遂在疫鬼的大种类中又分出了"小儿鬼"这种疫鬼，他们的特点是"善惊人小儿"。在古代医疗条件很低的情况下，小孩因为身体抵抗力弱，特别容易生病，尤其是受到惊吓，很容易导致魂不守舍、啼哭不止。古人无法用科学的方法解释这些病症，就误认为是鬼怪在作祟。大人却喜欢用小儿鬼来吓唬孩子，目的是让孩子按时睡觉，却因为这个无心的举动，导致孩子对"鬼"产生了恐惧，从而变得害怕黑暗，害怕夜晚，没有安全感。这篇故事告诉孩子，鬼魅并不可怕，他们只是我们逝去的亲人而已，他们不会故意害人，所以，不用害怕黑暗和夜晚。

小儿鬼无心害人，只是想找个玩伴，但是却为别人带来了疾病，并导致了部落大火。现实生活中，我们很多时候也喜欢恶作剧，初衷并无恶意，却往往因此而酿成严重的后果，虽是无心之失，也是应该承担相应责任，并理应受到谴责和惩罚。所以，一定要把握好恶作剧的度。

故事成功地刻画出了小儿鬼的形象。他究竟是好的还是坏的呢？他怕孤独，想与小孩子们玩耍，却导致孩子生病，并间接导致了部落大火，他因一己之私而使人们遭受厄运，这是"坏"；但他初心本善，更在大火中奋不顾身地救出了所有孩子，在此后看到红灯笼和赤小豆后，也自觉默默离开，不再惊扰，他知错能改，这是他的"好"。

总之，任何事物都是正反两方面共存，我们不必因为惧怕黑暗，而忘记了光明，反之亦然。用这样的眼光去看待世界，对待人生，又有什么不能战胜的呢？

空桑生子

刘勤 付雨桁 撰
王舒啸 绘

【原典】

○（春秋战国）吕不韦《吕氏春秋·仲夏纪·古乐》："帝颛顼生自若水,实处空桑,乃登为帝。"

○（春秋战国）吕不韦《吕氏春秋·孝行览·本味》："有侁(shēn)氏女子采桑,得婴儿于空桑之中,献之其君。其君令烰(páo)人养之,察其所以然,曰：'其母居伊水之上,孕,梦有神告之曰：臼出水而东走,毋顾。明日,视臼出水,告其邻。东走十里而顾,其邑尽为水,身因化为空桑。'故名之曰伊尹。此伊尹生空桑之故也。长而贤。"

○（春秋战国）屈原《楚辞·天问》："水滨之木,得彼小子。"王逸注云："伊尹母妊身,梦神女告之曰：臼灶生蛙,亟去无顾。居无几何,臼灶中生蛙。母去,东走,顾视其邑,尽为大水。母因溺死,化为空桑之木。水干之后,有小儿啼水涯,人取养之。既长大,有殊才。有莘恶伊尹从木中出,因以送女也。"此说谓尹母所梦者为神女,又身溺死,皆与他说殊,然足补他说之阙。盖戒其母顾者,正因顾则将为水所溺也。

○（西汉）刘安《淮南子·本经训》："共工振滔洪水,以薄空桑。"

○（东汉）圈称《陈留风俗传》："陈留外黄有莘昌亭,本宋地,莘氏邑也。"

○（西晋）皇甫谧《帝王世纪》："（颛顼）始都穷桑（空桑）,

后徙商邱。"

○(北魏)郦道元《水经注》卷十五:"昔有莘氏女采桑于伊川,得婴儿于空桑中,言其母孕于伊水之滨,梦神告之曰:臼水出而东走。母明视,而见臼水出焉,告其邻居而走,顾望其邑,咸为水矣。其母化为空桑,子在其中矣。莘女取而献之,命养于庖,长而有贤德,殷以为尹,曰伊尹也。"

○(唐)张守节《史记正义》引《括地志》云:"古莘国,在汴州陈留县东五里,故莘城是也。

【今绎】

一

有莘①国中,有一条美丽的河,叫伊水②河。
河水两岸土壤肥沃,葱绿的桑树长满原野。
有一对年轻的夫妇,
丈夫勇敢勤劳,是个耕种的好手,
妻子善良贤惠,擅长采桑养蚕。
夫妻两人性格温和,喜欢帮助别人。
不久,妻子怀孕了,
丈夫非常开心,劳作起来也更加卖力。

---

① 有莘(yǒu shēn):亦作"有侁"。古国名,故址有多种说法。一说故址在今陕西省合阳县东南;一说故址在今河南省开封市,旧陈留县东;一说故址在今山东省曹县北。有,词头。有莘为姒姓,是夏禹之后。周文王妃太姒即为有莘之女,商汤也娶有莘氏女。

② 伊水:伊河。在河南省西部,源出栾川县伏牛山北麓,东北流,在偃师县杨村附近入洛河。《山海经·中山经》:"又西二百里,曰蔓渠之山,其上多金玉,其下多竹箭。伊水出焉,而东流注入洛。"

二

这天晚上,妻子做了一个梦。 梦里,
原本平静的伊水突然卷起了滔天巨浪,
有个神人对她说:
"是你的善良感动了上天,所以命我来提醒你。
如果你们家里的石臼①出水,伊水将暴发大洪水。
洪水暴发之时,你一定要一直往东走,不能回头。
还有,你千万不要将这个秘密告诉任何人,
否则,将受到上天的惩罚。 切记,切记!"

三

第二天醒来,妻子心里很惶恐。
一连半个月,石臼都没有任何异样,妻子才放了心。
突然有一天清晨,石臼里冒出汩汩清水,
咕嘟咕嘟地一个劲儿往外喷涌,仿佛山里的泉眼。
妻子心中大惊:"难道是神仙的预言成真了?"
她急忙跑到外面,拉起丈夫便往东跑。

---

① 石臼(shí jiù):用石凿成的舂米谷等物的器具。

有个神人对她说:

"是你的善良感动了上天,所以命我来提醒你。
如果你们家里的石臼出水,伊水将暴发大洪水。
洪水暴发之时,你一定要一直往东走,不能回头。
还有,你千万不要将这个秘密告诉任何人,
否则,将受到上天的惩罚。切记,切记!"

突然有一天清晨,石臼里冒出汩汩清水,
咕嘟咕嘟地一个劲儿往外喷涌,仿佛山里的泉眼。
妻子心中大惊:"难道是神仙的预言成真了?"
她急忙跑到外面,拉起丈夫便往东跑。

四

"你要拉我去哪里呀?"丈夫奇怪地问。

"你不要管,不要问,快跑!"

妻子想起神仙的话,不敢告诉丈夫原因。

"你们这是要干什么去啊?"

邻居们看见他们跑得飞快,也好奇地问。

妻子渐渐停下了脚步,心想:

"如果我不告诉大家,洪水一来,大家必定被淹死;

可是神仙说,如果告诉了大家,我就会受到惩罚。

这可怎么办呢?"

五

"伊水将要暴发大洪水,会把整个部落都淹没,大家快逃吧!"妻子大声说。

她挣扎了很久,最终选择说出这个秘密。

几百人的生命大于一个人的生命,她选择了牺牲自己。

大家听到后,都非常惊讶,好奇地聚集过来,七嘴八舌地问。

"千真万确! 是一位神仙在梦里告诉我的!

大家快向东跑,再晚就来不及了!"

妻子焦急地看着远方的伊水,催促大家快跑。

可是,有的人根本不相信她,

不过,大部分人还是跟着夫妻二人跑了。

六

当众人爬上东边的山坡时,妻子回头一望,

天啊,果然滔天的洪水已经将伊水河畔给淹没了。

望着消失的家园,人们悲痛地哭喊,也庆幸自己能活下来。

"谢谢你,如果不是你,我们都会被洪水淹死啊!"

大家非常感激妻子,纷纷向她道谢。

妻子刚想开口,却发现自己说不出话了。

七

众人眼看着她的身子慢慢地变成了一棵桑树。

洪水退去,人们重新在伊水河畔建造了房屋。

为了感谢这个善良的女人,大家将这棵桑树奉为神树。

她的丈夫很悲伤,一直守在树旁,

当众人爬上东边的山坡时,妻子回头一望,
天啊,果然滔天的洪水已经将伊水河畔给淹没了。

众人眼看着她的身子慢慢地变成了一棵桑树。

洪水退去,人们重新在伊水河畔建造了房屋。

为了感谢这个善良的女人,大家将这棵桑树奉为神树。

日复一日,年复一年。
丈夫死后,大家就将他葬在了树下。

八

春去秋来,桑树叶绿了又黄,黄了又绿,
没人发现,树干上慢慢隆起一个"肚子",
好像一个女子怀了身孕。
彩色的鸟儿常常在树梢盘旋,唱出愉快的歌声。
柔柔的白云常常环绕着桑树,伴随着歌声舞蹈。

九

一天清晨,一位采桑女经过神树下,
突然,树干上的"肚子"裂开了一道口子,
里面传出了婴儿的"呱呱"啼哭声,
这声音清脆响亮,
采桑女好奇地来到神树下,
发现树洞里有一个初生的小婴儿。

十

"可怜的孩子,你就是传说中那位善良女人的孩子吧!
别怕,以后我就做你的妈妈吧!"
采桑女抱着孩子下了山。
在她身后,老桑树的叶子落下点点水滴,
像一颗颗眼泪,晶莹剔透。
一阵微风过后,桑叶片片飘落,
在风中急速盘旋,
仿佛在追赶着采桑女的步伐。
眨眼之间,树叶落尽,树枝枯萎,
山坡上只余下一根空心的树干。

"可怜的孩子,你就是传说中那位善良女人的孩子吧!别怕,以后我就做你的妈妈吧!"

采桑女抱着孩子下了山。

【衍说】

此篇之所以置于颛顼系列,主要依据的线索是颛顼处于"空桑",而徙于"商丘"。这两点与《吕氏春秋》所记有侁氏女子采桑而得婴儿于空桑之中的故事不无关联(不过后者附会到了伊尹身上),遂加整合,供方家参考。

从神话学的角度来看,空桑,是母体的象征,因此伊尹母(本文的女主人翁是"妻子")"化为空桑之木"。法国学者埃利希·诺依曼说:"植物象征系统的核心是树。作为结果实的生命之树,它是女性的;它产生、变形和滋养,其叶、枝、梢都为它所'容纳'并依赖于它。遮蔽鸟类和鸟巢的树冠具有明显的防护特征。但除此之外,树干也是容纳者,里面居住着树的精灵,正如灵魂之寓于身体之中。树的女性性质表现在树冠和树干能够赋予生命,就像在阿多尼斯(Adonis)和许多其他神祇的情形中那样。"

除此之外,这里还有一个关于"禁忌"的重要话题。故事里的禁忌是神说的话,禁止将神所说示人,顺则昌,逆则亡,以此显示神灵威严和天命难违。

弗洛伊德根据《大英百科全书》提出了玛纳(mana,一种神秘的力量)传递理论。禁忌神秘之所以发生,是因为玛纳依靠自然、直接的方式,或是间接、传递的方式,依附在事物(有生命或者无生命的物质)身上的一种特殊神秘力量。有禁忌的地方就有信仰,就有神话。比如,兄妹婚神话一定产生于兄妹婚开始成为禁忌之时。当现实中存在了矛盾,这时就需要用神话加以解释。也就是说,有禁忌,也就一定伴随着解释此种禁忌的神话系统之产生。神话的基本功能就是解释世界,包括解释物质系统、社会关系系统和精神系统,但有时,神话也会传递出原始的爱的伟大。

妻子因为爱而选择牺牲自己拯救村民,也因为爱而在变化为异物桑树之后,还要苦心孕育自己的孩子出生,直到看到孩子有人抚养,才耗尽最后的力气,用落叶与孩子永别。丈夫因为爱而选择守护在妻子身旁,"日复一日,年复一年",死后葬于树下,化为土壤,继续滋养树根。采桑女也是因为爱而决心抚养桑树中出生的可怜孩子。

这个故事因为爱而推进,因为爱而出现转折,因为爱而发生生命的奇迹。在巨大的灾难和无数的不可能面前,爱就像魔法,创造了一个崭新的世界。

这里的爱,既有大爱,又有小爱。我们既要学会爱自己,也要学会爱别人,爱更多的人。妻子明明知道说出秘密会受到惩罚,可是当个人利益和集体利益发生冲突的时候,她勇于牺牲个人利益来成全集体利益。心中有他人,自然会受到他人的尊敬和帮助,也才会有后面采桑女因为感念妻子的救人善举而抚养空桑之子的可歌行为。

大地之母

刘勤 李进宁 撰
安艳月 绘

【原典】

○（春秋战国）《山海经·大荒西经》："颛顼生老童，老童生重及黎。帝令重献上天，令黎邛（后土）下地。下地是生噎，处于西极，以行日月星辰之行次。"

○（春秋战国）《山海经·海内经》："共工生后土，后土生噎鸣，噎鸣生岁十有二。"

○（春秋战国）《山海经·海内经》："北海之内有山，名曰幽都之山，黑水出焉。其上有玄鸟、玄蛇、玄豹、玄虎、玄狐蓬尾。"

○（春秋战国）《楚辞·招魂》："君无下此幽都些。"王逸注："幽都，地下后土所治也。地下幽冥，故称幽都。"

【今绎】

一

天神共工有一个美丽的女儿,叫后土①。
她人首蛇身,身材丰腴健康,
皮肤洁白清透,长发柔顺漆黑,
全身散发着淡淡的花香。
她常常从云端微笑着观察人间,
帮助人们解决各种难题。
她所到之处,战乱会自动平息,
矛盾会轻易化解,
万物死而复生。

----

① 后土:指土神或地神,孕生万物,亦被称为大地之母。对后土的解释甚多。《国语·鲁语》说是共工之子,能平九州,为地神。《左传》说是土正。《周礼》称"地示"(地祇)。《礼记·月令》中为黄帝佐神。后土显然是上古原始母系社会时期地母崇拜的产物,后被纳入道教体系,与"天公""皇天"配对。

她人首蛇身,身材丰腴健康,皮肤洁白清透,长发柔顺漆黑,全身散发着淡淡的花香。

二

可是,事情太多了,后土难免忙不过来,
为了更好地管理人间,
她让儿子噎鸣①来帮助自己。
在噎鸣的帮助下,
人间变得越来越美丽:
原野百花齐放,
山林鸟鸣啾啾②,
庄稼季季丰收。

三

噎鸣长得像母亲,
高大挺拔的身材像青松,
洁白细腻的皮肤像暖玉,

---

① 噎鸣(yē míng):中国神话中的时间之神,出自《山海经·海内经》:"共工生后土,后土生噎鸣,噎鸣生岁十有二。"袁珂校注:"《大荒西经》云:'令黎邛(后土)下地,下地是生噎,处于西极,以行日月星辰之行次。'即此噎鸣,盖时间之神也。"

② 啾啾(jiū jiū):形容许多小鸟一起鸣叫的声音。《古乐府·陇西行》:"凤凰鸣啾啾,一母将九雏。"

乌黑柔顺的头发像蚕丝,
炯炯有神的眼睛像星星。
人们都说,噎鸣是天地间最美的男人。

四

幽都的女王冥后①听说后,
贪恋噎鸣的美貌,
想将他据为己有。
一个漆黑的夜晚,
冥后悄悄地潜入人间,
偷走了熟睡中的噎鸣,
将他囚禁在可怕的地狱——幽都②。

---

① 冥后:常被认为是阴间的主宰者。
② 幽都(yōu dū):阴间都府。《山海经·海内经》:"北海之内有山,名曰幽都之山。"《楚辞·招魂》:"魂兮归来,君无下此幽都些!"王逸注:"幽都,地下后土所治也。地下幽冥,故称幽都。"

喧鸣长得像母亲,
高大挺拔的身材像青松,
洁白细腻的皮肤像暖玉,
乌黑柔顺的头发像蚕丝,
炯炯有神的眼睛像星星。

幽都的女王冥后听说后,
贪恋喧鸣的美貌,
想将他据为己有。

五

在那里,所有东西都是黑色的:

黑色的鸟,黑色的蛇,

黑色的山,黑色的人……

还有很多恐怖的怪兽,

个个儿都张着血盆大口,要吃人。

尤其是那只,有着老虎头、三只眼、壮如牛,

弯着九曲身体的守门怪兽——土伯①,

它的双手常常沾满鲜血。

六

噎鸣醒来后,

很厌恶这里的环境。

他怀念多姿多彩的人间,

思念亲爱的母亲,

每天都非常痛苦。

---

① 土伯:神怪名,中国神话中后土手下的侯伯,阴间幽都的看守。茅盾认为土伯相当于北欧神话中守卫地狱门的狞狗加尔姆,并在《中国神话研究ABC》中猜测中国可能也有极完备的冥土神话。

可是,冥后神力无边,
他根本逃不出去,
除了哀叹、痛苦,又能怎样呢?

七

霜降神是个健忘的老人家,
他有九口银钟,
银钟一响,白霜就会覆盖人间。
可是,没有噎鸣的提醒,霜降神忘记了时间,
九口银钟响彻了整个春天,
本该复苏的万物,藏在地里不敢出来。

八

整个世界都乱了!
星星和太阳一起出现在天空,
夏天飘起了鹅毛大雪……
"噎鸣——孩子,你在哪里呀,答应妈妈一声啊!"
后土声声呼唤着儿子的名字,

可是,冥后神力无边,
他根本逃不出去,
除了哀叹、痛苦,又能怎样呢?

找遍了四海八荒,可始终没有噎鸣的影子。
最后,她无力地瘫倒在大地上,嘤嘤哭泣。

九

后土因为思念儿子,
丰腴的身材一天天清瘦,
柔顺的黑发变得干枯,
娇美的面容渐渐憔悴。
与此同时,
人间草木枯萎,百花凋零,一片凄凉,
一切都在为后土哭泣。
天帝很同情后土,
他幽幽地叹息道:"唉,后土,你的孩子,在幽都。"

十

为了协调冥后与后土的关系,天帝对后土说:
"你要记住,从此以后,一年之中,
噎鸣一半时间在人间,一半时间在幽都。"

后土思念儿子,只能接受。

从此,当她和儿子在一起的时候,

人间就是春天和夏天,处处鸟语花香,生机勃勃;

但是,当噎鸣离开后,她便陷入了无穷的思念,

人间随之也进入了秋天和冬天,

万物开始凋零、沉睡。

为了协调冥后与后土的关系,天帝对后土说:
"你要记住,从此以后,一年之中,
噎鸣一半时间在人间,一半时间在幽都。"

【衍说】

噎鸣是中国神话中的时间之神,出自《山海经·海内经》:"共工生后土,后土生噎鸣,噎鸣生岁十有二。"袁珂校注:"《大荒西经》云:'令黎邛(后土)下地。下地是生噎,处于西极,以行日月星辰之行次。'即此噎鸣,盖时间之神也。"原始神话中主管日月行次之神当然不止噎鸣一个,常羲、羲和、员神、鹓、魄氏、狄等皆是。《山海经·大荒东经》:"有女和月母之国。有人名曰鹓,北方曰鹓,来之风曰狄,是处东极隅,以止日月,使无相间出没,司其短长。"郭璞注:"言主察日月出入,不令得相间错,知景之短长。"《山斋集录》记载:"神名魄氏,长留之山主司反景。曰鹓、曰狄。二人处东极隅,以止日月,使无间出没。"可见古代中国多神信仰洋洋大观。

后土与冥后实为一而二,二而一的关系。本文故事结构在不少民族和国家都存在。噎鸣与希腊神话中的植物之神阿多尼斯(Adonis)多有类似之处。阿多尼斯一出生就俊美动人,美神阿佛洛狄忒(Aphrodite,一作维纳斯 Venus)对其一见钟情,把他交给冥后珀耳塞福涅(Persephone)抚养。但是阿多尼斯长大后,冥后珀耳塞福涅也爱上了他的美貌,舍不得让他离开。两位女神互不相让,遂请求主神宙斯裁决。这一故事,在神话口传、文学作品中屡屡出现,"阿佛洛狄忒-珀耳塞福涅-阿多尼斯"与本文"后土-冥后-噎鸣"在关系和结构上出奇相似,可见其母题生命力之强。

人世间最伟大的爱,莫过于母爱;最动人的恩,莫过于反哺之恩。后土,是大地母亲的象征,她"厚德载物",是丰产女神。但丧失儿子,让这样一个强有力的伟大女神变得如此软弱无助,楚楚可怜。失去儿子的母亲是最令人同情的。

春夏秋冬本无喜怒哀乐,但是为什么我们更偏爱春夏呢?因为这是个生发的季节,万物复苏,蒸蒸日上。而当时间运行到秋冬,天气凉爽,进而肃杀,万物藏于地底,象征着衰败和死亡。正因为人们对四季有不同的情感,才产生出如此美丽的神话。文中说:"从此,当她和儿子在一起的时候,人间就是春天和夏天,处处鸟语花香,生机勃勃;但是,当噎鸣离开后,她便陷入了无穷的思念,人间随之也进入了秋天和冬天,万物开始凋零、沉睡。"诚然,春夏秋冬的形成是地球绕太阳公转的结果,但文章却用神话的语言告诉了我们四季的由来,以及人们对四季持有不同情感的原因。行文凄美柔婉,让人不由自主地随着后土的情感而喜悦或悲伤。

经天帝调解,一年之中,噎鸣一半时间在人间,一半时间在幽都。"悲莫悲兮生别离",后土和噎鸣母子情深,为了众生的祥和和宇宙的秩序,却不得不忍受生离的痛苦,这又是多么高尚的情操啊!

绝地天通

刘勤 杨陈 撰
王舒啸 绘

【原典】

○（春秋战国）《山海经·大荒西经》："大荒之中有山，名曰明山，天枢也。吴姖天门，日月所入。有神，人而无臂，两足反属于头上，名曰嘘。颛顼生老童，老童生重及黎。帝令重献上天，令黎邛下地。下地是生噎，处于西极，以行日月星辰之行次。"

○（春秋战国）《国语·楚语下》："及少皞之衰也，九黎乱德，民神杂糅，不可方物。夫人作享，家为巫史，无有要质。民匮于祀，而不知其福。烝享无度，民神同位。民渎齐盟，无有严威。神狎（xiá）民则，不蠲（juān）其为。嘉生不降，无物以享。祸灾荐臻（zhēn），莫尽其气。颛顼受之，乃命南正重司天以属神，命火正黎司地以属民，使复旧常，无相侵渎，是谓绝地天通。"

○（唐）孔颖达《尚书正义·吕刑》："三苗乱德，民神杂扰。帝尧既诛苗民，乃命重、黎二氏，使绝天地相通，令民神不杂。于是天神无有下至地，地民无有上至天，言天神地民不相杂也。"

【今绎】

一

盘古①开天辟地②以后,天上和人间仍然是相通的。柏高③曾经爬上华山青水东边的肇山④,到达了天庭;伏羲曾经沿着都广之野的建木⑤,也登上了天庭;巫师呢,就通过巫咸国⑥的登葆山,往返于天地之间。

---

① 盘古:中国神话传说中开天辟地的创世神,死后身化万物。盘古也称"盘古氏"。三国徐整《三五历纪》:"天地混沌如鸡子,盘古生其中。万八千岁,天地开辟,阳清为天,阴浊为地。盘古在其中,一日九变,神于天,圣于地。"

② 开天辟地:中国神话传说中的创世神话之一。创世神盘古原本生在混沌得像鸡蛋一样的天地之中,一万八千年之后开辟了天地,开始有了人类历史。后来也常用这个成语来比喻空前的、自古以来没有过的现象。

③ 柏高:也称"柏子高",传说中的古仙人,能爬上华山青水东边的肇山,抵达天庭。

④ 肇山(zhào shān):古山名,在华山青水的东边,是通往天庭的天梯。《山海经·海内经》:"华山青水之东有山,名曰肇山。"

⑤ 建木:神木名,是上古人民(一说巴蜀先民)崇拜的一种圣树。建木高大通天,传说是沟通天地人神的桥梁,是众神往返于天地之间的天梯。伏羲和黄帝也曾通过它往来于人间天庭。《淮南子·墬形训》:"建木在都广,众帝所自上下,日中无景,呼而无响,盖天地之中也。"

⑥ 巫咸国:古国名,是由一群巫师组成的国家。巫咸国位于女丑尸的北边,国人们右手握一条青蛇,左手握一条红蛇。巫咸国有一座神山——登葆山,巫师能通过登葆山往返于天庭和人间。《山海经·海外西经》:"巫咸国在女丑北,右手操青蛇,左手操赤蛇,在登葆山,群巫所从上下也。"

当然,神仙们也可以沿着这些"天梯",常常下降到人间游玩。

人和神仙的欢声笑语,时常在云端回响。

二

那时候,人和神仙都很守秩序、有礼貌、讲法度。
到了特定的节日,专门负责祭祀的巫师,
就带领大家,穿上华丽的服装,
摆上精美的食物,虔诚祈祷:
"啊,尊敬的神灵,我们是勤劳、和谐的民族!
请保佑老百姓粮食丰收,健康吉祥吧!"
神仙在天上看到百姓诚实、忠厚,人间繁荣昌盛,
也很欢喜,常常赞叹说:
"勤劳、和谐的民族,应该得到帮助啊!"

柏高曾经爬上华山青水东边的肇山,到达了天庭;
伏羲曾经沿着都广之野的建木,也登上了天庭;
巫师呢,就通过巫咸国的登葆山,往返于天地之间。

三

可是自从蚩尤①兵败以后,
他便撺掇②九黎③在人间作乱。
他们四处挑起战争,制造混乱。
还教唆大家不遵守法度,
甚至破坏人间的伦理道德。
渐渐地,人间变得乱糟糟的。

四

老百姓开始糊里糊涂起来,忘记了自己的本职工作。
厨师跑去做衣服,把衣服做得一个袖子长,一个袖子短;

---

① 蚩尤(chī yóu):中国神话传说中上古时代九黎氏族部落联盟的首领。据传他骁勇善战,是兵器的发明者。他有八十一个兄弟,个个儿都铜头铁额,本领非凡。他曾与炎帝大战,把炎帝打败了。后来,炎帝与黄帝联合,共敌蚩尤,将蚩尤打败。最后,黄帝将蚩尤尊为战争之神,将他画在军旗上鼓舞士气,其他部族见后,不战而降。唐徐坚《初学记》卷九引《归藏·启筮》云:"蚩尤出身羊水,八肱八趾,疏首,登九淖以伐空桑,黄帝杀之于青丘。"

② 撺掇(cuān duo):指怂恿或鼓动别人做坏事。

③ 九黎:九黎是中国上古传说中的一个族群,又称"黎"。九黎在远古时代是一个部落联盟、民族集合,一共有九个部落,每个部落有九个氏族,以蚩尤为首,共八十一个兄弟,蚩尤是大酋长。《国语·楚语下》:"九黎乱德,民神杂糅,不可方物。"

裁缝跑去做祭祀,总是把祭祀的物品打翻;

而巫师们为了赚钱,竟然只给富贵人家祈福。

就连家庭关系也跟着乱了:

子女不再孝敬父母,父母也不爱护儿女,

兄弟姐妹常常在大街上争吵、打斗。

五

天庭的颛顼看到了人间的混乱,非常忧虑。

他一边踱步,一边皱起眉头:

"有钱人家太不像话了,竟然独享神灵的恩赐;

平民也不像话,竟敢对规则失去了敬畏之心。

人间的伦理道德被破坏了,天庭肯定也会跟着遭殃。"

六

为了警示混乱的人间,

颛顼命风神刮起飓风,持续了三天三夜;

命云神遮盖太阳和月亮,到处一片漆黑;

老百姓开始糊里糊涂起来,忘记了自己的本职工作。
厨师跑去做衣服,把衣服做得一个袖子长,一个袖子短;
裁缝跑去做祭祀,总是把祭祀的物品打翻;
而巫师们为了赚钱,竟然只给富贵人家祈福。
就连家庭关系也跟着乱了:
子女不再孝敬父母,父母也不爱护儿女,
兄弟姐妹常常在大街上争吵、打斗。

还命电母①劈死作恶多端的恶人……

人们内心非常恐惧,以为世界就要毁灭了,

都跑到天梯那里,争着要到天庭去避难。

但是,大家你不让我,我不让你,

最后打成一团,踩死了很多人。

七

颛顼看到这样的景象,无奈地叹了口气:

"看来,我只有把天地隔绝了!"

他命令重②和黎③去完成这个任务。

重和黎都是巨人,肩膀又宽又厚,力大无穷。

他们先来到登葆山,

看到很多人正在为了争着登山而打架,

重挥起手就说:"我干脆一掌把天梯劈断!"

---

① 电母:又称闪电娘娘,是中国神话传说中雷公的妻子,主要掌管闪电。据说,当雷公跟电母吵架的时候,天上就会雷电交加。

② 重(zhòng):上古人(神)名,据说是羲氏的祖先,奉颛顼之命绝地天通,重整人间秩序。

③ 黎:上古人(神)名,据说是和氏的祖先,奉颛顼之命绝地天通,重整人间秩序。

颛顼命风神刮起飓风,持续了三天三夜;
命云神遮盖太阳和月亮,到处一片漆黑;
还命电母劈死作恶多端的恶人……

黎赶紧阻止他:"不行! 这样会砸死很多人。我们不能再添乱了!"

八

"那你说怎么办? 你看这些人就要爬到天庭了!"重着急地说。

"不如,我们学伟大的盘古吧!"黎建议。

"好啊! 那你把天往上举,我把地往下踩,让天地再分开一些。"

重也觉得这个主意好,很赞成。

于是,重挺立身板,双手托着天,用力往上举。

天就开始飘飘摇摇地往上升。

黎鼓足劲儿,提起脚,然后猛一踩,把地使劲往下踩。

地就开始"轰隆轰隆"地往下沉。

于是,重挺立身板,双手托着天,用力往上举,天就开始飘飘摇摇地往上升。

黎鼓足劲儿,提起脚,然后猛一跺,把地使劲往下踩,地就开始"轰隆轰隆"地往下沉。

九

原来连着天地的天梯,这下全部都留在了地上。
从此以后,人们再也不能通过天梯去天庭了。
天梯下打成一团的人们看着徐徐升起的天空、逐渐飘散的白云,
渐渐流下了悔恨的泪水。
他们一个个儿不得不沿着天梯,又慢慢回到了地上。
当大家都沉浸在焦虑中时,有人站出来高呼:
"大地才是我们真正的家,我们要重建家园!"
"对,我们要重建家园!"大家开始欢呼起来。
"对,只要我们齐心协力,一定能战胜困难!"

十

为了帮助人间恢复旧有的秩序,
颛顼派黎前往人间,帮助管理。
黎公平正直,把人间治理得很好。
此后,颛顼还修订了历法,让人们按照四季规律劳作:
春天播种,夏天祛虫,秋天丰收,冬天收藏。
人们的辛勤劳动,总是会迎来硕果累累。

原来连着天地的天梯,这下全部都留在了地上。

从此以后,人们再也不能通过天梯去天庭了。

天梯下打成一团的人们看着徐徐升起的天空、逐渐飘散的白云,渐渐流下了悔恨的泪水。

过年的时候,他们就会摆满丰盛的食物,来感谢自然之神的恩赐和颛顼的大德!

【衍说】

"绝地天通"是中国思想史、宗教史领域发生的一桩重大事件。这一事件的发生,表明原始巫术文化开始转变为宗教祭司文化,巫师沟通人神的大权最终被帝王独占。这也标志着上古时期国家宗教的初步形成。

历史上对"绝地天通"这一事件的解读发生了三次转变。第一次是《国语》中的观射父以历史人事解读神话;第二次是宋明思想家从政治统治的角度解释这一事件,认为"绝地天通"是统治者通过实行王政,而不是求助于神灵来使得百姓安居乐业;第三次是现当代思想家借鉴西方人类学家的原始思维理论,将这一事件纳入到人类思想发展史、宗教发展史的范畴来进行解读,认为"绝地天通"属于天地相通、人人为巫之后的第三个阶段。这一阶段也是政教合一阶段,是王权对神权的垄断,通过集团、阶级、国家、集体的利益诉求,来取消自我,赋予个人生命的意义。

尽管如此,"绝地天通"的关键并不在于"天地隔绝",而是让司神者和司民者各司其序、互不相乱。这是一种有序化、制度化的文明秩序重建,更为礼制提供了依据。

此外,古籍中对"重"和"黎"的描述和关系认定也不尽相同。有学者认为他们是两个人(本文采用这一观点),有学者却认为他们实际上是一个人。也有学者认为,他们原本是两个人,后来发展为一个人,也就是"祝融"。还有学者提出完全相反的观点,认为"重黎"本是一人,后分化为"重""黎"二人,这是由神职的分工造成的。

从前,人神杂糅,人可以上天,神可以下地,其乐融融。打破这种美好和谐局面的是什么呢? 是丧德。当伦理道德丧失以后,世界的秩序便乱了。颛顼为了维护天上的秩序,不让人间的混乱传染到天庭,所以"绝地天通"。

德,不是可有可无的,也不仅是物质生活条件满足前提下的光鲜外衣,而应是一个人安身立命的根本。故事告诉我们,人类仙境生活丧失的原因就是因为缺乏德行。换句话说,人和神区别的关键,就是神具有德行的完美性和永恒性,但人却不具备。本文生动形象地把"德"提高到了一个前所未有的高度。

一开始,或许只是一点点德行的丧失,但若任其泛滥,就会一发不可收拾,如洪水猛兽,让人类遭遇灭顶之灾。因此,"勿以恶小而为之,勿以善小而不为",这应是我们一生铭记的行为准则。一旦认识到这一点,善性德行便如星星之火,可以燎原。本文中"天梯下打成一团的人们看着徐徐升起的天空、逐渐飘散的白云,渐渐流下了悔恨的泪水",即是人类固有之德性的苏醒。

后 记

本来打算于年初出版的这套新书《中华远古神话衍说·三皇五帝》(共八本),因为疫情的影响,只得延后出版。 不过,这也才使原本因为忙碌而缺失的后记有机会补上。

2020年春节,这场突如其来的新冠肺炎,一方面拉大了人与人之间的距离,甚至于隔绝或永别,另一方面也无形中缩短了人们心灵的距离。 泱泱中华,空前团结,用德行感动着世界。 疫情如同一面照妖镜,照出世间百态,照出国际风云。 与此同时,也放慢了我们的脚步,让我们有了更多时间去回忆、去思考、去展望。

诚然,中华民族自古以来就具有勇于担当、不畏艰险的精神。 这套丛书里的故事,无论是大家比较熟悉的《夸父逐日》《精卫填海》《女娲补天》等,还是比较陌生的《青要山女罗》《黄帝斩恶夔》《孤独的旱魃》等,无不体现着这种精神。 中华民族还是个崇尚天道、充满仁爱的礼仪之邦,这体现在《三年成都》《承云之歌》《凤鸟立志》等故事中。 此外,中国古代的民主和法制精神,同样也可以在本丛书的故事中找到,如《绝地通天》《后土与噎鸣》《陆吾和英招》等。 甚至有对人性的思索,如《简狄和建疵》《神奇的大耳国》《月仙泪》等。当然,每一篇神话故事,我们若从不同的角度去思考和解读,又会有不同层面的获得。但有一点是共通的,那就是我们在祖述我们伟大祖先和神话英雄的同时,难道不也正是在千百遍地肯定着、传播着这些精神吗?统而言之,与西方神灵崇尚个人主义、高高在上不同,中国神灵崇尚家国天下,始终关怀着民生、代表着民意。

荣格早就指出,对于散失了灵魂的现代人来说,神话意味着重新教会我们做人。坎贝尔用他神话学专业的敏感告诉人们,古老神话永恒地释放着正能量。关于神话,摩尔根、马克思、恩格斯,其实都有过卓有见识的探索,对于其中所蕴含的人类智慧质素,也从不吝赞美。神话思维,与务实、中庸等一样,同样是我们这个民族的基因。

神话是一个民族的根。它连接着古代与现代,使伟大祖先和神话英雄们的血液仍在我们身体里汩汩流淌。传承是我们信仰的核心。越是久远,越是本质。朋友们,跟随这套书,来进行我们的文化寻根吧!不仅是自己的寻根、孩童的寻根,更是每一位中华儿女的寻根。这不是历史的考证的寻根,而是想象的心理的寻根,这才是真正的本质的寻根,才是"我从哪里来""我要到哪里去"的寻根。所寻之根,血脉之源,生命所系,民族所倚,万物所梦。

我写这套书有几个促因。

以我个人在神话研究领域的工作来说,这是我所做努力的第二个阶段。第一个阶段是从性别文化的角度对中国古代神话做整体性研究。2004年的夏天,我师从恩师李诚先生进行硕士阶段的学习,由此开始了我的神话研究之旅。后来,我的博士研究方向,依然是中国古代神话。在恩师项楚先生的指导下,三年的深耕细作,别有洞天。工作以后,在忙碌的教学之余,我仍然舍不得放弃神话研究,先后主持完成了"女性神灵研究""性别文化视域下的神话叙事研究""从厕神看中国文化的基质与动力""中国厕神信仰考论"等神话类课题。尤其是2014年我主持国家社科基金项目"中国厕神信仰考论"时,对中国神话的存在状态和意义又有了新的认知。我渐渐感受到,中国是不缺乏优秀文化的。

同年10月15日,习总书记在北京全国文艺工作座谈会上指出,文化是民族生存和发展的重要力量,文化自信是更基础、更广泛、更深厚的自信。因此,当代社会需要结合新的时代条件传承和弘扬中华优秀传统文化,不断增强中华优秀传统文化的生命力、影响力,增强中华儿女的文化自信,实现中华文化的创造性转化和创新性发展。

在此过程中,越来越多的人参与到传承经典、发扬文明的大潮中来,近年掀起的"国学热"就是其中一例。我理解,"文化自信"的本质,就是对民族之根的自信;"国学热"的背后,就是对民族之根的追求。如前所述,中国神话连接着古代与现代。时至今日,伟大祖先和神话英雄们的血液仍在我们身体里汩汩流淌。中国神话,是最相宜的寻根之路。随后我便开设了一门选修课"中国古代神话"。在授课的过程中，很多学生对神话非常感兴趣。我在梳理神话原典的同时，也常加上自己的研究心得，拓展开来，不知不觉讲了一个学期。不过那时，我的主要精力不在此，对神话的普及工作还未做深入的思考。

2015年5月，我的女儿上颐满三岁。她开始对神话特别感兴趣。这时，我也有机会开始系统搜罗神话普及类读物。但结果却让我疑惑：怎么会没有写给我女儿的神话故事呢？在中国的大地上，竟然西方神话故事多于中国神话故事，难道中国神话故事就那么寥寥无几吗？百年来，中国神话研究已经取得了丰硕的成果，但这些研究成果被束之高阁，大众无法触及。市面上的神话读物，大体有以下几个倾向。第一，故事重复、陈旧。第二，或是死守原典的直接翻译，或是无甚依据的随意改编。第三，也有取材于学术论著者，但专业性太强而大众审美性、可读性不足。第四，教育意义比较单一、生硬，未能与时俱进。而且，最为关键的是，大众对神话的理解并没有比一百年前更先进。神话本是一个民族的根，却被误认为是迷信；它本是一个国家的自信，而被误认为不切实际；它本是如今仍然汩汩流淌在我们身体里的鲜血，却被误认为是早已僵死在氏族时代的枯槁。正值经典阐释如火如荼的时代，我们为何唯独忘了神话？一想到这里，我便萌生出做一套大众类神话读物的愿想，产生了讲好中国神话故事的想法，甚至努力暂时撇开日常杂事，试着从专业学科的角度来思考谋划。一方面，可以讲给女儿听听，也算我作为母亲的一片心意。另一方面，也想弥补"国学热"中的一个缺环。

不久，好友许诗红的"力文斋"画室搞活动，邀请我去做嘉宾。她是个非常出色的画家，一手创办的"力文斋"也已经走过了21个春秋。多少孩子在这里收获了精湛的画艺、脱俗的审美，以及精彩的人生，她大概已经记不清了。那天，我们举办了"你讲我画"活动，即我讲神话故事，孩子们绘画。活动非常成功。后来我的朋友、学生们也积极参与进来。此后，我们又在成都周边的多所学校中多次组织这类活动，取得了很好的效果。这段随缘经历不仅让我获得了不少"讲故事"的技巧，更让我了解了大众（尤其是青少年儿童）对于神话故事的渴求、对于文化寻根的执着。与此同时，我要出版一套普及类中国古代神话小书的愿想更加迫切了，而且书写形式也更明晰了。

让我感到无比幸福的是，不少朋友听说这件事后主动给我打电话、发微信，表示对这套小书很感兴趣，希望在条件允许的情况下，能出一份绵薄之力。他们有的是大学教授、高级教师、律师、作家、心理咨询师等已经工作了的"社会人"，有的是我一手带大的研究生"娃娃"。李进宁、严焱、高蓉、付雨桁、税小小等参与部分文本写作；王自华、杨陈、王春宇、李远莉、苏德等不仅参与部分文本写作，还参与了出版前的校对工作；安艳月、王舒啸、韩玲等参与部分插画的绘制……凡为此书有过贡献者，我均已署名，在此不

后记

一一列举。特别是在我出国客座那一年,上述诸君为此书付出的心血与精力,是非常令人动容的。此间的汗水与泪水,狮子山下的509专家工作室可以见证;此间的情谊与幸福,早已经浸润在我们共同的作品中。

此外,我还特别感谢施维、陶人勇、肖卫东、许诗红等老师的指导,以及李诚、刘跃进、叶舒宪、周明等先生的推荐。感谢生活·读书·新知三联书店慧眼识珠,不遗余力地给予支持。正如前言所说,这套书的创新性是显而易见的,但是肯定还存在着不少问题,真切希望各位读者能不吝赐教,以便于我们进一步改进,讲好中国故事。

弹指五载,白驹过隙。启动此事,米儿才三岁,转眼就八岁了。参与者中有好几位母亲,应该和我感同身受吧!插画小组的韩玲,我初见她时,还是个苗条的小姑娘,转眼就做母亲了。我总预感,读者不仅能从这套丛书中读到有趣的神话,肯定也能嗅出几分母爱的天性吧!

最后,谨以此书献给雷上颐、林子言、梁泠芔、王晨曦、王艺晗小朋友。

是为记。

彦序　上颐斋

2020 年 4 月 29 日